文
景

Horizon

陌生的阿富汗

一个女人的独行漫记

班卓 著

上海人民出版社

目录　　Contents

目录　　Contents

1

这是一本关于阿富汗的书。

对于我们当中的大部分人来说，阿富汗是那样遥远而陌生。

提起"阿富汗"这三个字时，很多人可能只听说过那些骤然间变得耳熟能详的名词——塔利班、本·拉登、

"基地"组织、恐怖袭击或者反恐战争，却对那个名字所代表的国度一无所知。另一些人也许会联想起那个国家纵横交错的贫瘠山脉，隐蔽在深山里的无数山洞，在山洞里躲藏着的包头巾的男人，那些扛着步枪或拿着匕首的男人曾进行的强悍的抗苏游击战，那些埋藏在黄土下的不计其数的地雷，以及战争、贫穷、死亡、饥荒、饿殍、鸦片、贩毒、走私或穿布卡的看不见脸面的女人。

而把这一切名词加起来，似乎就是我们知道的那个阿富汗。

我们几乎没有什么机会去亲眼目睹由这些可怕的名词所代表的那些事物，可通过宣传媒介，我们早已隐约熟悉了它们，进而在头脑中虚构了一个阿富汗；我们所熟悉的，也许只是我们头脑中那个陌生的阿富汗。除了经过精心剪辑的新闻所讲述的那些，其实我们并不真正知道那里的人们怎样生活，也并不真正知道在那片土地上究竟发生了些什么事情；除了战争的进展，我们也没有机会去真正关心那个国家和生活在那里的人们。

阿富汗，曾经就是那样一片被世界遗忘了的土地，倘若不是"9·11"事件将它和美国联系在了一起，也许它还会被世界继续遗忘下去。

从很多角度看去——地理的、历史的、社会的、经济的，我们会认为阿富汗的被遗忘是一件自然的事情。高海拔、多山地、荒漠横亘的地理环境阻碍了人们与外界的交通，没有交通也就谈不上经济发展，落后的经济使阿富汗人一直处于由部落、氏族和宗教群体构成的独立而封闭的社会格局之中。千百年来，除了那些被称作"库奇"的迁徙漂泊的游牧部落之外，大部分阿富汗人一直在裸山之间珍贵的河谷地带过着原始而勤恳的农牧生活。假设在将来，那些被各种人埋入土地的一千多万颗地雷被清除殆尽，阿富汗的农牧经济明显还会持续相当长一段时间。

因此，阿富汗只是一片实实在在的土地，它算不上肥沃，甚至称得上贫瘠，也没有什么稀罕的矿藏或特殊的物产足以引发别人的贪婪和觊觎；除了不名誉的鸦片，阿富汗人也没有能力从自己的土地上收获什么东西来贡献给阿富汗之外的人；而一旦缺乏了经济来往，在这个由经济实力决定声音大小的世界上，阿富汗的声音也就消失了。

可想而知，在我们这个因信息传播过于迅速而显得日益狭小的地球村里，由于缺乏自己的声音，阿富汗被世界"合理地"遗忘了。它是一个没有籍贯的国家、一片无声的土地，人们任由它被侵略，任由它自己在那儿贫穷、饥饿、挣扎、死亡，任由它自生自灭。在一些人眼里，"阿富汗"这个概念也许并不包含人，这三个字就像是一个空洞的没有人的名词。在那里，或许有上百万阿富汗人死于饥饿、屠杀或战争，但那不是关于人，不是关于人的死亡——只是一些统计数字而已。

可是突然之间，巴米扬大佛的被毁、接踵而来的"9·11"事件以及美国对阿富汗发动的反恐战争，却令"阿富汗"这个名词一夜之间从默默无闻变得炙手可热。人们可以不关心阿富汗和阿富汗人，却必须关心新闻，关心巴米扬大佛，关心美国和美国人——"阿富汗"这三个字就像是一针强心剂，给世人冷漠而麻痹的神经带来了刺激和亢奋。

从被人遗忘到被人记住，历史跟阿富汗开了一个多么恶毒的玩笑，这个玩笑却要以成千上万人的生命作为代价。

　　而实际上，不管关于它的新闻有多少，对大多数人来说，陌生的阿富汗从来也未曾变得熟悉。

2

　　阿富汗是我去年夏天中亚之行期间经过的一片土地。

　　去年初夏，我从新疆出发翻越帕米尔高原进入巴基斯坦，再从巴基斯坦西北边境进入阿富汗的荒漠之中。我慢慢地将阿富汗转了一圈后，自西北进入了土库曼斯坦，接下来是炎热美丽的伊朗内陆，再转而向西，进入洲际交接处色彩繁杂的土耳其。

　　写作这篇序言的时候，我已离开阿富汗快一年了。关于阿富汗，我曾以为自己永不会忘记，可如今我不得不沮丧地发现自己并未能做到。我曾经走进它的大门，而当我试图用笔去回忆时，却像是透过它的窗棂在观望——距离已经产生，或许从未消失。它曾经鲜亮的颜色正在变得模糊，而将来也只会漫漶一片。

所以，尽管曾站在阿富汗那片土地上，可我并不敢说，阿富汗对于我已不再陌生。

实际上，不管是现在还是将来，我都不得不在阿富汗的熟悉与陌生，在自己的记忆与遗忘之间摇摆不定。

3

路途愈来愈长，视线不断延伸，所谓的风景必将淡出。

我已习惯了忘记风景而去面对人们，面对人们的生活和自己的生活。

在这漫长的路途中，我学会了热爱那些褐色的看似贫瘠的沟壑，热爱那些仿佛永远也走不出去的道道深梁与沉默山丘，因为在那些沟壑、深梁与山丘中的褐色土坯屋子里住着的人们，用他们的生活、他们的灾难和他们的欢乐，教会了我热爱他们那坚忍的世界和我自己的世界。

在阿富汗那片土地上，虽然硝烟依旧弥漫，虽然毁灭性的隆隆炮火声还未从耳畔完全消失，但我所看见的阿富汗人，一旦能够暂时离开战争，就开始过着正常的、普通的生活。

"正常""普通"，对阿富汗人来说，这几个字是多么珍贵！

因此，我在这里写下的并不是一份关于阿富汗的战后调查报告，而只是我看见的在那里生活着的人们的生活。这并不意味着阿富汗已成为一个远离了灾难的国家，在那里，灾难远未结束，人们依然生活在贫困和饥荒当中，可是人们在生活着，并且如同你我一样渴望生活、热爱生活。

阿富汗人的生活。我的生活。人们的生活。

我所写下的，也许只是一份关于生活的表白。

2004 年 10 月

- 再版序　在生命里路过 -

2003 年夏天的中亚之行里我经过了阿富汗，其实行前并未想到，路过纯属偶然。到了 2004 年，从五一假期到暑假有点空闲，也始终不能忘，就把这趟行程写成了文字，自己跑到出版社去联系，2005 年也就出版了。

出版后拿到些样书，送了一两年才算送完。当时的心理，算是有点儿不好意思？我并不希望自己的生活被人注意，也不打算做个明显的异类，却写了这样一本目标偏僻、难以归类的"旅行书"，送人的时候对方大多诧异，我也不知该从何说起，嗫嗫嚅嚅的总有些害羞。之后我几乎不会主动跟人提起这本书。

但后面的事却有点出乎意料。我没料到这本书会被很多读者惦记，不仅在当时，而且是在五年十年之后，甚至直到最近我都会以各种方式收到读者留言。这本书还持续不断地在不同场合给我带来不同的朋友。

有一次，我去拜访一个久未见面的年长朋友，到饭点了她顺便带我去参加一个全然陌生的饭局，朋友跟她的朋友介绍说："这是我小妹，她喜欢到处旅行。"我赧然一笑，接下来就专心吃饭，没怎么说话。临走前隔座姑娘要了我的电话号码。

回家的路上收到一条短信。"你去过阿富汗？"

"是的。"

"《陌生的阿富汗》是你写的吗？我跟人打赌那是你写的。我觉得那是游记里最好的一本。"

这得有多神奇啊?! 这姑娘跟我一样都是被朋友带来蹭饭的，她一直静静地坐着，很少夹菜也很少讲话。

曾经觉得，一本书若有人读了，就好比一朵浪花拍到了岸边，相遇及相忘都很自然。但十几年过去了，还不断有人记得有人提起，岸边的石头记住了那朵浪花，或浪花记住了那块顽石，都是写作者无法预测的，而这样的相遇是那么美好。我曾经并且一直怀疑写作的本质及意义，所以写得不多，旅行类的除了这本，也就另一本待出版的墨西哥行记。可如果写作能促成这样的相遇，对我而言，就是它的最大意义了。

而阿富汗呢，怎么样了？2021年时，美国仓促撤军，关于阿富汗的消息再次涌入大众视听，仍然是令人难过的灾难性新闻。离我最初到那里已经过去快二十年了，阿富汗还是一个灾难频仍的国家，依旧因为灾难才出现在世人眼中。但是，并非因为某个国家、某个宗教集团或某次战争，它才变得如此灾患深重。十九世纪以来，在现代化及其附带规则已成为全世界发展准则的情况下，在所有国家或主动或被动奔赴现代化的进程中，在这个进程所造成的世界范围的结构性暴力与灾祸里，阿富汗早已被迫卷入这个结构的底部，承受着源自结构上部的种种欺凌、忽视与不公，其内的战乱和绝望离不开上部各种势力的参与和促成。也许正因如此，对于阿富汗当今的困境，阿富汗之外的人连悲伤与哀悯都显得那么暧昧。

重读当年的文字，里面充满了寻找的气息和生命的痕迹。一个陌生的旅人来到一个陌生的地方，她从别人的生活里路过，她所呈现或者说寻找的，既是他人的生命痕迹，更是自己的生命痕迹。我庆幸自己当年曾路过阿富汗，曾轻轻触碰过在那里生活着的人们的脉搏，曾体会过他们生活里的欢乐和痛苦。他们正如同你我一样——我在他们的生命里路过，也正是在自己的生命里路过。

我庆幸自己在还不知道什么叫作畏惧的年轻岁月里曾试图通过旅行来叩问生命里的一些重要问题，而漫长的旅程则给予了珍贵的回答。

感谢编辑宁宁姑娘为修订此书付出的巨大心力和劳动，让这本书能以崭新的面貌再次出现。

感谢所有的读者。感谢所有的相遇。

2022 年 11 月

第一章

初　遇

早上六点，我从巴基斯坦西北边境城市白沙瓦出发，前往位于巴阿边境的托尔坎。

　　一路上下着数日来不曾停过的小雨，车子在灰蒙蒙的天底下划破浅浅的水面奔驰着，不时停下来接受军人的检查。由于缺乏泄洪设施，上次暴雨引发的洪水在路面上留下的泥泞依然四处可见。两个巴基斯坦军人穿着高筒靴踩着泥浆走近车来检查。

　　"证件。"一个军人低下戴着雨帽的脑袋凑到车窗边，雨水从他的帽檐上流下来，背在身后的长枪筒直戳着天空。

　　坐在身后护送我的持枪军人将我的护照和通行证递给他。另一个军人打开车门开始搜查。

巴阿边境地带一直让巴国政府头疼不已。此地属于巴基斯坦的西北边境省,在这里生活的主要民族是普什图族,而普什图族也是阿富汗境内最主要的民族。十九世纪末,英国殖民当局强行划定了印度和阿富汗的国界——杜兰德线,普什图族人被迫分裂于国界两端。1947年印巴分治,由民族分裂引致的问题由巴基斯坦继承下来。对普什图人而言,他们对民族的认同大大高于对现代国家概念的认同,结果这段巴阿边界形同虚设,事实上已成为阿富汗塔利班武装——其成员几乎都是普什图人——在境外的主要活动基地。巴阿边境问题严重威胁了巴基斯坦国内的和平,成了巴国政府的心腹之患。

乘坐班车从伊斯兰堡前往白沙瓦时,沿着公路是无止境的平行伸展的铁丝网,铁丝网那边就是形势复杂的西北边境省。正值傍晚时分,暗淡的泥金色夕阳照射着铁丝网后面广漠贫瘠的土地,显得无限荒凉。

身旁一个巴基斯坦人忽然指着夕阳落下的方向,感慨万千地对我说:"瞧,这铁丝网后面就是我们的政府和军队无法控制的地方。"

听见这话，周围的人都默不作声地面露感慨。

所以，要想穿过这段特区进入阿富汗，就必须先到白沙瓦的边境事务管理局备案和办理通行证。巴国政府还要求从此地前往阿富汗边境的所有外国人都必须乘专车或是包出租车，且要有一个持枪军人全程护送至边境。

车子在苏莱曼山脉之间的开伯尔公路上行驶着，跟随在公路旁的是一条英国殖民时代遗留下来、现已废弃不用的窄轨铁路。偶而掠过的那些小村庄，只有三五个院子，家家门户紧闭，碉堡似的竖着好几米高的厚重围墙。墙面上散布着炮弹轰击过的伤痕，还高高低低地分布着些方形瞭望孔或射击孔。这些静悄悄的村庄既无人迹也无鸡鸣狗叫，从车上望去，村中那无人行走的小道冻结了似的，连两旁的小树也都光秃着枝丫，犹如苟延残喘的幸存者，让过路人看了心惊。

穿过险峻的开伯尔山口，车子继续行进在荒芜的山梁间。落雨的浓云笼罩着山顶，裸露的山岩上带着些斑斑驳驳、深浅不一的颜色。

我们终于到达了小镇托尔坎。

当我办好巴基斯坦这方的出境手续时，小雨还在不停地下。走过那扇绿色的边境大铁门，抬眼望去，阿富汗那一方沿着公路以及公路两旁的山坡上皆是废墟。坑洼不平的路上，衣着褴褛的人们大包小包，手提肩扛，宛若逃难似的川流不息。

我在往来不停的人群中驻足呆立了半晌。雨还在下，却没人打伞，众人在身旁穿梭，挤撞着我。虽然这是一片空旷之地，空气里却充满了忙碌的汗味和由无数双疲于奔命的脚所掀起的尘土的腥气。

我将自己的雨伞折拢收好，几秒钟之内便混入了在小雨中匆忙奔走的人群，进入了阿富汗。

几个小时后，边境班车渐渐驶出荒漠，于下午五点到达了阿富汗的首都喀布尔。

- 1. 书店里的巴基斯坦青年 -

一下车，我便被人群围住了。起初只是五六个，转眼之间聚集的人越来越多，里三层外三层地挤了个水泄不通。同车的阿富汗人已各自扛着行李离去，有两个人离开时向我投来嘲弄的一瞥——仅我一个被堵截在人群里。围观的人却并不喧闹，或蹲或站，默默地围着我看。

我和他们对望了几眼。我只看见一群人，只看见他们那层层叠叠包着头巾的脑袋，他们显然并无恶意，只是好奇而已。面临这有点难堪的处境，我不免笑了笑，大家望着我，也全都莫名其妙地破颜而笑，气氛稍有缓和。

趁着片刻的缓和，我奋力背上自己的行李，伸出双臂把人们往旁边拨拉着，说："请让开，让我过去。"

人群里闪出一条缝来，我总算挤了出去。我直直地往前走，没有回头，可我知道他们还在我身后继续望着，他们的目光还牢牢地烙在这个单身女子的背上。

✢　✢　✢

　　我所了解的伊斯兰教，作为一种民族的向内的而非开放的信仰，常常是靠沉默和排斥来保持自己。所以，作为在伊斯兰国家旅行的单身女性，我当然已经做好了遭遇各种麻烦的心理准备。我深深地明白自己的处境：我是一个陌生人、闯入者，假如当地人欢迎我，接纳我，那是我的幸运；假如他们排斥甚至攻击我，我也只能自认倒霉。不过，虽然我并不能要求他们改变对女性的看法，却仍暗暗希望通过我同他们的交往，他们能理解我内心对他们的尊重，包括对其传统和习俗的尊重，因而也会反过来尊重我。

　　早在拉瓦尔品第时，我就已明白了自己的境况。

　　那时我和朋友坐在街边一家露天餐馆里吃饭，四周是喧闹的正在进餐的人。一个男子突然从街对面径直走到我们桌前，他穿着白色长袍，胳膊底下夹着把长柄雨伞，年约三十岁。他压抑着明显的怒气，对我的朋友说："请你们尊重我们国家的习惯！"我的朋友是男性，这个男人只对着我的朋友说话，并未朝我望上一眼。

我们仰起头吃惊地望着他，周围的目光齐刷刷地聚集到我们身上。男子滔滔不绝地用英语说，在这个伊斯兰国家，女性不应该在大街上抛头露面，餐馆里有专设的女性角落，我们应该到那里去吃饭才对。

"你看，这满大街的人，哪有像你们这样的？！"他双手撑在桌面上，身子前倾，目光咄咄逼人。

我环顾四周，确实如此，在这条街上进餐的有上百个男人，却看不到一个女人。而他这一闹，街这边和街对面的人——坐在桌边或蹲在地上吃饭的食客以及来往的行人——全都望向我们，上百双眼睛紧盯着我们。

我顿时感到一丝惶恐。我知道这些餐馆里要么设有隐蔽的房间，要么用布帘子在角落里隔出单独的空间，供携带家眷的客人使用。之前我曾特意询问过当地人的意见，他们都说我是外国人，不必遵守当地习俗。难道我还是做错了吗？

这人愤然说完，夹着他的雨伞转身大踏步走了。

我望望周围其他顾客。"我应该挪到里面去吗？"我四顾而问。如果他们的答案是肯定的，我会遵从他们的习俗，挪进为女性特设的角落。

"不！"人们哄然一笑。

一个中年男子站起身来，捏紧拳头对着那个远去的背影喊道："这是一个自由的国家！自由的国家！"又转头安慰我："在这个国家，你有权坐在任何你愿意坐的地方。"

我凝视着那个夹着黑雨伞的白色背影，过了一会儿，低下头继续吃饭。

因此，当后来结识了三个巴基斯坦青年时，我就有意与他们讨论起这个伊斯兰国家的自由问题。他们要自由，也要伊斯兰，试图设想一种将伊斯兰传统和人性自由结合起来的完美模式。

有几个晚上，我们一起待在他们的小书店里，那里光线不太好，略微阴暗，四壁的书架上密密麻麻堆满了书。我们坐在歪歪斜斜、弹簧塌弛的沙发上，他们仨七嘴八舌地讨论着，说到兴奋处，有人会起身跑到门外水罐那儿接上一杯凉水咕嘟嘟倒进喉咙里。时不时地，其中一人会非常礼貌地转过头来，将他们议论的大致内容翻译给我听。他们对生活的年轻的激动和他们身上散发出来的勃勃生机吸引着我。

人性自由与伊斯兰信仰的结合，这是多么鼓舞人心的设想。然而面对世界的残酷真实，这更像是一种乌托邦。有多少时候，乌托邦似的理想仿佛只是作为一种人性的证明而存在。

这三个小伙子自小一起长大，是形影难分的好朋友。他们借钱合伙开了这家小书店，一是为了追求自由和无拘无束；另一个理由，据他们说是为了将来能够资助乌尔都语文学的发展。

自 1947 年印度和巴基斯坦分治，巴基斯坦就将乌尔都语作为全国通行的语言，而以英语作为官方用语，官方文件、学术著作以及许多重要报刊均以英文出版，但一般学校的英语教育程度并不高，普通民众大都不会说英语或仅能说些简单的词句。乌尔都语虽是国语，在全国范围内的普及程度也不高，巴基斯坦各民族中以乌尔都语作为母语的并不多，各大民族多有自己的语言，如旁遮普族使用的旁遮普语、信德族使用的信德语、普什图族使用的普什图语等。好多人既不懂英语也不懂乌尔都语。种种情况合在一起，造成了巴基斯坦在语言教育上的困扰：不仅英语得不到普及，乌尔都语和各民族的书面语言也在退化。民族语言和文化的危机让一些知识分子忧心忡忡。

这三个小伙子便是为此担忧的人，他们试图通过开办书店获得资助乌尔都语文学发展的资金。虽然充满了忧心和雄心，几个人看上去仍是那么爽朗而天真。

"你想聊天，就到我们的书店里来。"他们发出了邀请。

"那好，如果我来了，要请我喝甘蔗汁哟。"

榨汁摊遍布拉瓦尔品第的大街小巷，甘蔗汁是常见的一款饮品。我和他们一起度过了三四个晚上，我喝过的盛甘蔗汁的杯子也就积了三四个放在柜台里。

一个小伙子名叫侯赛因。他二十四岁，身穿灰色长袍，留着油光发亮的长胡子，有双秀气而圆润的手。每当说得兴起，他便会捋起袖子，用修长的手指摸着胡子呵呵而笑，露出一口亮晶晶的白牙。三个人里，他性情最是活泼热闹，笑声不断，说实话跟他那老成持重的长胡子不太般配，让我老是忍俊不禁。

"你很喜欢胡子吗？"我盯着他那半尺长的黑胡子问。

另一个打趣道："哪里！他只是希望自己看上去老成一点罢了。"侯赛因听了这话放声大笑，又去摸了摸胡子。

某天上午起床后，我一边刷牙一边盘算当天的行程。等把牙刷完，我也决定了要去犍陀罗艺术的故地塔克西拉看看。

我拿上帽子来到书店，告诉他们我要离开一两天。

"你知道怎么去塔克西拉吗？"

"不知道，但汽车站总会有车去那里吧？"

"那可不一定！"侯赛因说，"拉瓦尔品第有好几个汽车站，你知道该去哪个吗？"

我还真不知道。不过，塔克西拉只是拉瓦尔品第附近的一个小镇而已，去那里的车应该不少。我原本打算直接去汽车站问一问，然后上车走人。

虽然他们仨一直住在拉瓦尔品第，却都不知道该怎么去塔克西拉。

侯赛因咳了咳嗓子。"我们都只在小时候去过，很小很小的时候。"他伸出手掌向下压着，比画出一个小孩子的个头，又习惯性地挽起袖子，"别急，你等着，我来打听打听。而且——"他竖起一根指头，露出一副告诫的神情，"你别以为这里很安全，出门在外一定不能大意！"

几分钟后他笑容满面地放下电话听筒。"好，搞清楚了，几个汽车站都有车去塔克西拉，有一个离这里最近。你先去附近的巴扎坐×路公共汽车到×汽车站，在那儿就能找到去塔克西拉的汽车。塔克西拉很近，一个多小时就到了。"

另一个嘟囔道："要两个多小时吧。"

"是吗？我再问问。"侯赛因又拿起了电话。

一切都弄清楚了，路线、车程。

"你知道怎么去塔克西拉了吗？"侯赛因问。

"知道了。"

"说给我听听。"他还是不放心。

我想笑，却又不敢笑他的认真，就老老实实地复述了一遍。谁知他仍旧不放心，拿出纸笔把路线详详细细地用英文和乌尔都文写了两遍，郑重地把纸条交给我。

"你带着这个，实在迷路了，就拿出来给别人看，别人就会告诉你该怎么走了。哦，等一下——"他又把纸条拿过去，在最下边添上书店的电话号码，"这是我们的电话，万一碰到什么意外，你就打这个电话，我们会去帮你的。"

我接过纸条，有点哭笑不得。这张纸条自然没派上用场，最后被我夹在笔记本里当作纪念品了。

我不知道他们的书店能否赚钱。这三个人看上去都只有一腔热情，对经营之道却不怎么精通。书店的生意非常之清淡，清淡到难以维持的地步，但他们似乎不怎么在乎。这种对人对事的天真态度，要是放在其他国家，我很怀疑他们是否会被骗到身无分文。

我所遇到的巴基斯坦人，其性情的坦荡和天真在别处是难以找到的，比如我在喀喇昆仑公路上遇到的那位。

那天上午，告别了盘驻多日的村庄，我背着行李在山脉夹峙的宽阔大道上心情舒畅地走着，看到有车开过，就停下脚步挥手拦一拦。有车停了下来，却都是班车。路途不长时，我喜欢搭顺风车，不喜欢坐那老是挤得满满当当的班车。看看时间还早，我也不急，就笑着摇摇头，对班车摆摆手，自己继续往前走。

一辆摩托车从身后开来，我停下扭头看它驰过。它已经骑到了我前头，却又拐了个弯，折回我身边。

"你要去哪里？"摩托车手问我。他没戴头盔，为了遮挡尘土，脸上包着头巾，只见两只被风沙吹得发红的眼睛。

"我去卡里马巴德。"

"名字？"

"赛玛。"

"你父亲叫什么名字？"

"……"

在巴基斯坦，只要有人跟我说话，通常都会先问上这么两句。最初我对于他们想知道我父亲的名字感到很惊讶，后来想这很可能只是在问我姓什么。

"去卡里马巴德的车很多呀，你为什么不坐车？"

"我想坐顺风车。"

"干吗要坐顺风车？"他瞪大了眼睛。

"嗯……"这真是一个很难回答的问题，我苦笑着挠挠头。

"为了省钱。再见！"我挤出一个简单的答案，便绕过摩托想开溜。

他在我身后愣了几秒，开着摩托追了上来。"是因为没有钱吗？"他揭开包在脸上的头巾，是一个黑皮肤的中年男子。

"不是，我只是想走一走而已。"

"走一走？你不用这么辛苦地省这个钱。没钱的话，我可以给你。"他认真地说。

我笑着拒绝了。

"可惜我还有事，不能去卡里马巴德，不然我可以搭你过去。"

　　此时我们身后又来了一辆班车，车子响了下喇叭，我朝车子摇了摇头。

　　没想到他马上从口袋里掏出钱来递给我。"拿着，坐车去！哪里有省这个钱走去卡里马巴德的道理！"

　　我坚决不接受。他生气地把钱塞进我的背包，开着摩托一溜烟跑走了。到了前面一百米远的地方，他停下来回头看看我，我攥着那钱向他挥了挥手。他重新把头巾裹到脸上，真的走远了。

　　在当今世界，像巴基斯坦这样的国家已不再能自然而然地发展，而是必须面对世界的发展而发展，因此多少显得有些被迫和勉强。可以料想得到在此过程中，民族性格里的那份纯朴与天真虽然珍贵，却终会与其他文化传统一道随着发展而慢慢流失。虽然这里人们的坦荡天真与我的性格非常投契，可我当然不会自私地希望他们在发展中永葆天真，也当然会在他们的变与不变之间保留自己悄悄的叹息。

※　※　※

三个小伙子里最年轻的一个名叫鲁迪，刚刚大学毕业。其余两人告诉我："鲁迪是我们新一代的乌尔都语诗人，你知道吗？"

鲁迪还是个动不动就脸红的大男孩儿，长得高大健壮、憨厚朴实，已经在巴基斯坦的乌尔都语诗坛上崭露头角。他红着脸说："我的英语说得不好，以前我不想学习英语，最近才开始学。"

"现在怎么想学了呢？"

"我想要交流。"他和朋友们认为，虽然最终目的是要发展本民族的语言，却不能因此拒绝与外界交流。

离开拉瓦尔品第的那天傍晚，我想再去看看那热闹异常、生气勃勃的大巴扎，鲁迪自告奋勇地陪我去。我们从市中心出发，沿着长长的铁道走向喧闹的集市。

火车驶近，笨重的老式车头吐着黑烟，拖着一连串木制车厢从身边轰隆隆地呼啸而过，轮子猛力撞击铁轨，撞击声像火花一样四下迸溅，将四周的空气鼓荡起来。

我们站在铁道旁的栏杆前，和众人一起等待火车经过。疾驰而过的火车散发着远方尘土的气息，乌黑的木头窗框里嵌着些向外眺望的脸，黄的、白的、黑的，从眼前一晃而过，看不真切。车上的人和车下的人、流动的人和站立的人交错而过，这样的瞬间老是给我一种奇怪的感觉，好像一种模模糊糊、不知从何而来的希望随着火车来到这里随即又奔赴远方。

在隆隆声中，我说："鲁迪，我可能没有机会学习乌尔都语了，但我又想读你的诗，你说怎么办呢？"

"那我就好好学习英语，总有一天我可以把我的诗翻译成英文给你看。"

"一言为定！"

火车消失在铁路尽头，轰鸣声也在远处四散开来，末了归于宁寂。

在灯火明亮的巴扎里流连了一阵子，看看天色已晚，我便买了几个芒果，一边吃一边往回走。

鲁迪吃芒果的方式在我看来颇为奇怪：他先用牙齿在芒果一端咬开一个小口，接着吸吮果汁，可是吮不出来——芒果汁怎么可能吮得出来呢？他就用两只大手使劲捏挤芒果，结果果皮迸裂，汁水飞溅，喷到他的衬衫上，也喷到了我身上。

看他手足无措的狼狈样，我开心地大笑不已，说："为什么这样吃芒果？喏，像这样剥开皮来吃不是很方便吗？"

"我从小就这样吃的呀。"他面露诧异地说，一边舔着手上的果汁，神态天真又自然。看来芒果汁并不是头一回溅到他身上。

我开玩笑似的问："你有女朋友吗？"

他的脸噌地红了，憋了半天才说："当然没有，我连和女孩儿说话的机会都很少。"

"从来都没有和女孩儿交往过吗？"

他凝神看了我一眼，似乎在判断是否该信任我。

"我……有的……"他嗫嚅道，脸更红了。

"哦？'我……有的……'"我学着他的口气，逗弄着他。

"有一个女孩儿，我弄不懂……"他脸上现出非常困惑的样子。

"不懂什么呢？"

"就是弄不懂，我不知道她是怎么想的。"他的表情有点狼狈。

"那就去问她呀，'你是怎样想的？'"我自作聪明地说。

"哪有这么简单……太难了。"短短几句问话让他大汗淋漓，他从兜里掏出块手帕，擦了擦额头上的汗珠。夏季的拉瓦尔品第是如此炎热，可鲁迪却穿着长袖衬衣和牛仔裤，还像个少年一样对自己的身体和举止有些不知所措。

"你会结婚吗？"我又问。

"如果有机会，我当然会的。"

"那你希望自己的妻子是怎样的呢？"

"我希望她是一个独立的人、一个能够交流的人。"

"交流很重要吗？"

"当然！不然为什么要结婚？"

"那，有可能实现吗？"

"不知道。在巴基斯坦，我们结婚前都没有机会去了解对方，可若是没有了解，我是不会结婚的。"他苦涩地笑了笑，不过不再出汗了。

"嗯。"

我剥开一个芒果吃起来。

在穆斯林的沉重当中，这些巴基斯坦人袒露出的天真是罕见的。正因如此，新一代巴基斯坦穆斯林所面临的状况——在传统和现实夹缝中的生存与发展，也许远比想象的要步履艰难。

- 2.白沙瓦的阿富汗人 -

一个沉魅的黄昏，我在白沙瓦老城区的巷子中，在半明半暗的光线里随意晃荡着。这样的游荡对我来说总是种享受：只身一人，无牵无挂，在一个陌生的地方，不需要辨别方向，没什么在等待着我，也没有我必须到达的目的地。四周虽然都是陌生人，但他们对我这样一个从远方来的陌生人大都乐意表现出善意。

初遇得来的印象有时难免浮光掠影，但我以为，对人心的体察终究不能依靠相处时间的长短，而初次印象也不见得就不真切。

虽然没什么必要，我却喜欢拦着当地人问路。我结结巴巴，手舞足蹈，念叨着几个刚学会的本地词汇；被我拦住的人则大睁双眼，仔细倾听着从我嘴里蹦出的那几个词不达意、模糊得不可辨别的话音，强忍住嘴角的笑意，耐心地给予指点。他们哪里知道，我那诚挚的表象下完全是副狡猾的心思：我并不在乎问题的答案，只是想跟他们交谈。只有通过交谈我才能接触他们，他们才不至于如同气味一般从我眼前飘忽而过随后消失得无影无踪。

我想在自己的记忆里收藏他们的痕迹。

❈   ❈   ❈

在幽暗的巷子深处，有个人在墙根蹲着，身旁是一扇紧闭的木门。我脚步轻捷地从边上经过，猛然间听到那人说：

"你好。"

"你好。"我停下脚步，扭头看了看。

一个衣着干净齐整的中年男子，许是过度操劳，须发已然花白。

"你去哪里？"

"我不去哪里。"我边说边继续向前。

"前面不通。"

"哦……"我停下来。光线没能到达巷子最深处，望不见尽头，可我相信他，转身往回走。

"我送送你吧。"他直起身子说。

"好的，谢谢。"

他个子瘦高，穿着长袍和坎肩。后来我知道那正是阿富汗的长袍和坎肩。他陪我走到巷口，立定了，叮嘱道:"你一个人,小心一点。"

我答应了一声,打算告别。

"你不去哪里吗?"他又问。

"真的不去哪里,只是随便转转。"

"那就请到我家喝杯茶吧,就在那里。我忘带钥匙了,正等我的孩子放学回来。"

我正在犹豫,他突然指着我身后高兴地说:"看!我的孩子回来了。"

一个七八岁的小男孩儿正背着书包走过来。我不再推辞,和他们一起再次走进巷子,来到男人刚才蹲着的木门旁。小男孩儿掏出钥匙将门打开。

屋子不大,光线暗淡,却显得干净整洁。男人开了灯,我们在地席上坐下。不一会儿,小男孩儿便从厨房里端了个茶盘出来。

喝着茶闲聊了几句。他说自己是阿富汗人,原先和妻子住在巴基斯坦难民营的帐篷里,后来离开了那里。如今已经十六年过去了,他有了几个孩子,在离此不远的大街上开了爿小商店,挣了些钱,不仅能养活一家人,还租下这两间房子。

自从 1979 年苏联军队入侵阿富汗以来，这场为期十年的侵略战争造成一百四十多万阿富汗人死亡，迫使二百八十多万人逃往巴基斯坦，二百六十多万人流入伊朗，流落到世界各地的阿富汗难民总数达六百多万，占阿富汗全国人口的三分之一。这并非因为阿富汗的富饶或美丽足以引发他人的觊觎，而仅仅是因为它在军事空间上具有某种"关键性"。战争结束后，大部分阿富汗难民回到了自己的家乡，可是在接连不断的各种灾难中，又有两三百万人沦为难民。以上这些数字出自联合国难民署的估计，实际难民人数则说法不一，而这些灾难性的数字是如此庞大，不知人们能否想象得到这些数字所代表的真实情形。

阿富汗难民大都集中在邻近的巴基斯坦和伊朗，时间一长，众多难民便成了两国的沉重负担。虽然巴基斯坦政府设置了难民营，但缺食少药使得在难民营里等待国际援助的人们成批地死于饥饿与疾病。

"那时我们住在密不透风的塑料帐篷里，睡在光地上，帐篷外就是粪便。一天只能吃上一块面包，有时连片面包都没有。"他语气平静，好似在说别人的事情。

后来他借了一笔钱，跟人学做走私生意：在巴基斯坦南部海港迎接走私船只，将船上的货物卸下来装进麻袋，再穿越巴基斯坦边境转卖到阿富汗。他还从阿富汗向外转运鸦片。当年在巴基斯坦和阿富汗的边境上穿梭着许多像他一样的阿富汗走私者，他们在烈日下奔波，赤着脚或穿着一双用橡胶轮胎做底的鞋子。他由此积攒了一笔钱，还清了所有高利贷，之后放弃走私，开起小商店，在白沙瓦过上了大体安定的生活。眼前的这个人，最终从难民营的帐篷里挣扎了出来。

鸦片。在泰缅边界的热带丛林里我曾站在罂粟地上，那触目惊心的遍地红艳就像烧灼人眼的烈火。可是，假如我被灼伤，那只由于我的眼睛生太娇嫩，因为那些在饥饿与贫困中挣扎的农民只是把它们当作唯一的生计默默地培育着种植着。

大概是做生意的缘故，他的英语说得很流畅。小男孩儿安安静静地斜倚在他身边，手臂搁在他的腿上，因为听不懂我们在说什么，不时偏了头向父亲投去询问的眼神。他温情地抚摸儿子的背脊，耐心而简短地解释着。

关于那些苦难的记忆，他会怎样跟孩子说起呢？

屋里窗子都关着，屋顶中央垂下一盏白炽灯，灯泡戴着灯罩，向四周发散着温暖的黄色光芒。在话语的空隙中，屋里显得安静极了，偶尔从外面传来隐约的脚步声，但就连那脚步声也显得安静极了。难民营、阿富汗、那些绝望的日子，仿佛都被关在了门外。门的里面，静谧包裹着话语，这屋子就像一个孤独、暖和、自足、与外界遥遥无关的世界。

"你和家人回过阿富汗吗？"

"是的，每两年我们全家会一起回去一趟。"

"很多年后你会在哪里，巴基斯坦还是阿富汗？"

"我们会回去的。如果战争真的结束了，我们会迁回阿富汗去的。"

"为什么一定要回去呢？你在这里生活了这么多年，这里还不能成为你的家吗？"

"就是想回去，这是没有办法的事情。你看，我们都穿着阿富汗长袍，我们只穿阿富汗长袍，我的孩子也是，我们从没穿过别的样式的衣服。"

故乡和异乡——人对一方土地的依恋多么难以解释！

"我们无法忘记自己是阿富汗人。"他说。

♣ ♣ ♣

后来我说想去他的店里看看，他便起身陪我出门，嘱咐小男孩儿在家里等着妈妈回来。

我们走出幽深的巷子来到大街上，往北走了十来分钟，到了一个比较热闹的街区。街道两旁是一间间门面不大的小商铺。

"就是这里了。"他在一间铺子前停下脚说。

天才刚黑下来，整排店铺却都已停止营业，店里没有开灯，黑洞洞的，几个小店主在门口扎着堆聊天。"9·11"事件后，作为毗邻阿富汗的伊斯兰国家，巴基斯坦难免受到影响和牵连，不仅旅游业一片凋敝，整个国家的经济也遭受重创。

男人打开商店紧锁的门，扯扯垂在门边的灯绳，灯光照出一个琳琅满目的小房间。铺子比我料想的要大些，里面或挂或摆或悬着各式各样的阿富汗手工艺品：帽子、衣服、鞋子、手套、袜子、腰带、披肩、首饰、地毯、杯垫、水壶、匕首……俨然一个小而全的民俗用品展览会。

"我知道像你这样走远路的人是不喜欢买东西的，但你应该看看我们阿富汗的手工艺品。"

我们坐在地毯上。他将所有东西都取下来堆放在身旁，一样样地拿到我面前，解释着，展示着。

"你看，多美，我们有这样美的东西。"

我将它们摩挲半天，忍不住想买上几样。

"你还要走很远的路，要买的话，就挑些轻便的东西吧。"

我在一堆绣片中挑出几张，又选了条不太长的缀珠腰带。

"我要去阿富汗了，迟早会经过你的家乡加兹尼，你有什么东西想带给那儿的亲人吗？我可以帮你带到。"

他笑了，又摇头又摆手地说："不用了，我今年3月份才从那里回来。"

"对了，在阿富汗我需要穿布卡吗？"

"现在已经不需要了。不过，我们阿富汗人还不怎么习惯见到外国人，肯定会围着你看个不停。"

"没关系，我就当自己是动物园里的猴子好了。"我笑着说。

"布卡倒是不需要，但你可以在这里买上一套便宜的巴基斯坦长裙做准备，反正没坏处。"他边说边打量我。

"是不是来不及了？我明天就想过境。"我踌躇了。

"还来得及，我们这就去买。"他抬头看看墙上的钟，说既然只是备用的衣服，就不必去高级布店定做或是买很贵的。

我原本也不想在穿着上太花心思，听他这么说，正合心意。我们来到一家小小的成衣店，胖墩墩的店主坐在门口的小凳上正埋头看书。

店主用一大块布给我围出了一个"试衣间"，我在里面试穿了很多套长裙：牛仔的、棉布的、黑色的、紫色的、红色的、白色的、蓝色的……再配上各种颜色的头巾，衣服堆着挂着铺着，弄得满地都是。每换上一套我就走出来让他看看，他瞄一眼就摇摇头，直到我穿着一身绿色棉布长裙、裹着一块白色棉布大头巾走出来，他才多看了两眼，咧开嘴点了点头。

我拍掌笑道："总算好了！不用再换了。"

他和店主商量片刻，告诉我这套衣服——灯笼裤和长裙，外加白色棉布头巾——总共一百四十卢比，折合成人民币是二十多元。我当即把这身绿色长裙穿走了，手中拎着个塑料袋，兜着刚换下来的衬衣长裤。

在其后的漫长旅途中，我身着这套行头穿过中亚腹地直到土耳其。因为和背上的行李不停摩擦，裙子过肩处已磨得丝丝缕缕，灯笼裤也破损出洞，我便将它们弃置在土耳其的旅馆里。那块白色镂花头巾，一路上或披或盖或垫或裹，虽有些旧了却还能用，被我留了下来，今日仍整整齐齐叠放在我的衣柜中。

每当看到这块头巾，我便会想起在白沙瓦的巷子深处碰见的那个阿富汗人。他须发灰白，面色忧郁，对着一个来自遥远他乡的陌生女人说，终有一天他会回到阿富汗去的。

- 3. "红茶还是绿茶？" -

阿里是喀布尔一家小旅馆的经理，他个子不高，一身黑色长袍，头上裹着图尔班*，方圆脸上蓄着浓密的短须，戴着副眼镜，看上去沉默寡言。

阿里的旅馆位于热闹的街市与喀布尔河的交界处，

---

* 图尔班（turban），穆斯林男子的包头巾。阿富汗成年男子习惯头戴小帽，再将头巾围绕帽子缠裹在头上。——作者注，下同

最初我没注意到这家旅馆的名字，经当地人指点方才摸上门去。那时我刚到喀布尔，正在闹市区寻找便宜旅馆，接连问了四家，要价都在七八美金以上。我知道这是针对外国人的价格，可我执拗地不想支付这"鬼子价"。

正是傍晚热闹非凡的时候，楼下照例是商铺，二楼是餐厅，三楼四楼才是旅馆。我顺着逼仄窄小的楼梯向上走去，拐角处灰扑扑地坐着一个穿布卡的乞讨女人，她膝盖上横卧着一个双目紧闭的大约两岁的孩子。我从二楼餐厅的门口路过，往里晃了两眼。里面的人正仰脸看着吊在半空中的电视，不经意瞟见了我，顿时全都看了过来。我转身快步冲上楼去，避免被更多的男人注意。

三楼的旅馆接待室兼经理室正对着楼梯口，里面坐着三四个男子。我走进去，房间蓦地安静下来，他们直愣愣地盯着我。

"有房间吗？"

没人回答。我又问了一遍。

"没有。"坐在桌子后头的男子打开一个大本子扫了一眼说。

我被失望压着了，不想再背着沉重的行李去别家碰运气，想，屈服吧，这是在阿富汗。

"是真的没房间还是想收我十美金？"我还是讽刺地问了一句。

"满了。"他看上去很不高兴，啪地一下合上本子，面无表情地看着我。

我为自己的冲动感到些许后悔，努力地解释着："我刚才看见了，还有空房间，我知道本地人只要一美金……"

他没有理睬我的解释，严肃地指了指窗外的一栋巍峨大楼说："你可以去那里住，那里有你需要的房间。"

不用看也知道他指着哪栋楼，我刚刚从那边路过。大楼矗立在喀布尔河畔，是欧洲人开的高级饭店。

话已至此，我再失望也只得转身下楼。再次路过二楼餐厅，里面的人好像知道我会立马下来似的，眼睛都望着门口，门框里挤着三四个少年，笑嘻嘻地看着我。

我又回到了大街上，一时彷徨四顾，不知该投宿何处。可巧一眼望见不远处有两个背着行李的日本人从人群里穿出来，我便走上前拦住了他们，他们果然也是刚到喀布尔，和我一样在寻找住处。我告诉他们附近楼上有便宜旅馆，可以去试一试。

虽有些委屈，我还是对他们说："旅馆的人不让我一个人住，假使可能，请你们算上我。"

他们爽快地答应了。我放下行李，坐在楼梯上等待。几分钟后，他们下楼来告诉我可以了，三个人住一个三人间，每人三美金。

我当然知道自己被拒绝的原因：我是一个女人，而且是一个没有男人陪伴的单身女人。

在塔利班统治时期，法律禁止妇女上学、工作、单独上街，规定妇女出门必须穿戴布卡。现今塔利班的禁令虽已废止，但动荡不安的时局使得大多数人仍恪守禁令，剃掉胡须的男子虽然很多，不穿布卡出门的女子仍然很少。在喀布尔的大街上，除了年幼的女童，偶尔也会瞥见只披头巾、脚蹬高跟鞋的年轻女子，她们大多是电台播音员之类的职业妇女，行色匆匆，而且身旁都有男性陪同。这种状况在阿富汗南部更明显，除了一些正在上学的小女孩儿敢于只披着头巾出门，成了家的女子上街几乎没有不穿布卡的。

我既没有穿着布卡，也没有男性陪伴，头巾下还袒露着一张异国人的脸，竟然斗胆行走在喀布尔的大街上，难免会招来围观和蔑视。我原以为战争已经告一段落，阿富汗各地逐步平静下来，在喀布尔这样的北方城市，我大约可以自由行动，不会遇到什么障碍，可这个旅馆经理一开始就让我吃了一记闭门羹。

弄清这一点，我在喀布尔的集市上买了一套布卡。布卡由头套和围罩两部分组成：头套顶部缝着一个用布缠着的箍子，沉重的箍子可以让布卡稳稳地卡在脑袋上而不至于轻易摇摆；头套的眼睛处缝着一片网格，头套里的人通过眼前的网格来视物、呼吸；头套往下是一个多褶的灯笼般的大围罩，它将人的身体完全包裹住，只露出双脚——一副合适的布卡应该不长不短，恰好垂至脚面，能将大部分鞋子遮住。后来我在别处发现，布卡也如时装般在长短和颜色上各有差异。

可这个大布罩十分憋气，即使有那一小片布网也无法看清面前的路，这简直比不穿布卡更危险。我知道若是天天穿着它，自己终究会像阿富汗妇女一样行动自如，但在喀布尔时我一直没鼓起勇气穿它出门，直至去了南部它才派上用场。

而当我穿着绿色的长裙长裤、披着头巾行走在喀布尔街头，或一头扎进当地集市时，就要习惯男人的瞪视、孩子的口哨，以及别人的讪笑和有意无意对我身体的冲撞。我还要经常提醒自己，人家并没有请我来这里，也没有不让我穿布卡，这一切都是我自找的。

然而怒气还是日渐积聚。

有一次我站在路旁买鲜榨果汁。摊主把芒果块和碎冰放进搅拌机里，开动了电源，之后一边看我，一边和别人议论着什么。在呜呜呜的搅拌声中，摊子左右的人纷纷瞪着我看。不一会儿摊主停下机器，把盛果汁的杯子递给我，我仰着头咕嘟咕嘟喝完。低头取钱付账时，却被什么猛地砸中后背，回头一看，地上多了摊冰屑。

周围看热闹的人哄笑起来。我那勉强装出来的若无其事瞬间化为愤怒，只想把钱摔到果堆上一走了之，转念一想还是压下委屈，把钱递给了摊主。

我多少有点沮丧地回到旅馆。上楼梯时碰到一个在二楼餐厅做招待的十几岁少年，擦肩而过时他忽地在我臀上捏了一把，随后飞快地溜了。就连这个小家伙都来揩油，我怒气上冲，转身追向二楼，大声呵斥："混蛋！别来碰我！"他笑嘻嘻地一下蹿进餐厅，我却没了勇气跟着冲进那道门里去。

或许我的喊声太大，刚回到房间，阿里就紧张地跟进来询问原委。我红着脸解释了一番。他听完想说什么却没说，默默地走了。

晚上，同屋的两个日本人回来了。路过经理室时，阿里让他们转告我，请我换到别家旅馆去；倘若我继续住在这里，这种事还会发生，平白打搅了旅馆的平静。他们俩好心劝我："你为什么不穿上布卡？这样多不安全！"

我无言以对，只得自己加倍小心。阿里虽下了逐客令，但我赖着不走，他也没有逼我。几天后，我离开这里去了巴米扬。

♣　♣　♣

过了些天，我从巴米扬回到喀布尔，一下车就风尘仆仆、老马识途般地来到阿里的小旅馆。

经理室的桌子后头坐着一个我不认识的长须男子。他拿眼角扫了扫我，干脆地说："没有房间。"

这正像不久前那一幕的重现，一切都没有改变——又能指望什么改变呢？我太累了，什么也没说，只是把行李放下，径直走到一张椅子旁坐下休息。

屋里有几个人坐在地上看电视，见我坐下，他们把目光从电视上移开，向我投来几眼。我没看他们，呆呆地盯着桌上的电视，里面正在播放从印度卫星频道接收到的印度歌舞。这些扭怩作态的歌舞昼夜不停，令久未看过电视节目的阿富汗男子看得如饥似渴。这也难怪，之前塔利班禁止播放任何电影电视，所有娱乐活动都被牢牢控制着，违反者会被处以死刑。

屋里没人说话，只有电视机里传出的喧闹歌声，还有几只苍蝇在阳光里嗡嗡嘤嘤。过了几分钟，我疲惫地站起来拿起行李打算离开。

正好阿里走进来，他看我一眼，犹豫了一下，又迟疑地望我两眼。他走到桌边跟后头那个男人讲了几句，翻开登记簿查看，再转过身对我说："目前确实没有适合你的房间，但下午五点有人退房，到时你可以独自住一间双人房，四美金。"说完他就望向了别处，没再看我。

我顿觉安慰，却也不知该对他说些什么。

经理室外边是一圈面朝大街的凉台兼走廊，走廊上铺着陈旧的地毯，旅馆里的人平时会在上面做礼拜。盛夏的夜里，室内炎热而室外凉爽，每到夜晚地毯上便会躺满人。我独自坐在凉台上等待，下面是人来人往、喧嚣吵闹的喀布尔大街。

我在喀布尔又待了几天，和旅馆里的人日渐熟悉起来。熟悉，也意味着习惯，我习惯了这家小旅馆，习惯了它那窄窄的、因没有灯而显得阴暗模糊的走廊。走廊两旁是南北朝向的客房。朝南的客房是多人间，里面通常摆着至少五张单人床，南墙上有扇大玻璃窗，屋里永远沐浴着炎热的阳光。朝北的是三人间、双人间，还有只能勉强放下一张单人床的可怕单间，窗户对着其他建筑物，屋里没有阳光，气味难闻。所有房间里摆着的都是单人床，数量不等，床单很少换洗，客人结账离开后，伙计在打扫房间时用笤帚扫一扫床单，或者拿起来抖一抖。这些事情，只要习惯了，也没什么。

走廊西边的尽头是厕所，厕所门外有一条水沟，水沟底部积攒着厚厚一层滑溜溜的颜色难辨的苔藓。水沟上面，在大约膝盖那么高的地方，一个水龙头孤零零地从墙上伸了出来。这是人们做礼拜之前的沐洗处，常看到有人撩起长袍下摆屈身蹲在水沟旁，仔细地洗手洗脸再洗脚。

走廊的椅子上坐着一个储水的大汽油桶，大桶有盖子，底部焊了个简易龙头，旁边放着一两只塑料杯子，谁想喝水了就拿起杯子拧开龙头接水。旅馆的伙计不时会揭开盖子查看，若是桶里没水了，他们就提上几小桶水把大桶灌满，或用黑色橡胶管从水龙头那儿直接把水引进桶里。

每当我路过正对着楼梯口的汽油桶，如果有人恰好站在那儿一手叉腰一手举着杯子喝水，如果彼此还算面熟，他便会笑着把杯子递给我，请我也喝上一口。

厕所里也放着个大汽油桶，不过没盖子，水面上漂着一两只用来舀水的大塑料杯，旁边地上站着几只长嘴塑料壶。谁要上厕所，便会从地上拿起一只壶，从桶里舀出些水来灌上。

旅馆里只有一个厕所，也就是说没有专门的女厕。我推想阿富汗妇女大概是不住这种旅馆的。我要用厕所，就只能横下一条心将大门反锁，虽然门外总有人乒乒乓乓乱敲，但不久大家就明白是怎么回事了，便也习惯了。

这样一来，我难免得寸进尺，妄想能在厕所里洗个澡。

一天下午，我走进经理室询问阿里我能否在厕所里洗个澡。阿里可能从未遇到过这种难题，坐在那儿半天没动弹，瞪圆了双眼直愣愣地看着我。不知道其他客人是怎么洗澡的，也许不洗澡或外面有公共澡堂？只见过有人在水龙头那儿把湿毛巾伸进袍子里简单擦身。我这样直接问他也是够冒失的，可洗澡的愿望是那么强烈啊。

过了老半天阿里才缓过劲来，慢吞吞地说："我可以帮你把厕所里的水桶灌满，你把门关上就可以洗澡了。现在就洗吗？"

"现在！"我笑起来。他的话正中我下怀，下午正是旅馆里人最少的时候，我得意地向他亮亮手中的塑料袋，里面是早已备好的洗漱用具和换洗衣物。

阿里捋起袖子，把橡胶管套在龙头上往桶里注水，很快桶就满了，水哗哗哗地溢了出来。他把管子抽出来，扭头对我说："好啦！你可以进来洗澡了。"

我把门锁上，飞快地行动起来。终于能洗上澡啦，真是兴奋和痛快！正舀水时，突然听到门外传来脚步声，继而是重重的敲门声，吓得我立刻停止了动作。接着听到阿里的声音，他说了几句话，敲门声停了，脚步声渐渐离去。

要知道在阿富汗，能像这样洗个澡是多么不容易。我听本地人说过一件事，一个浴池老板出乎意料地关闭了生意兴隆的浴池，旁人打听缘由，他说如果有女人从浴池外走过，如果她知道里面是个浴池，兴许就会联想到男人的身体，那是对真主的大不敬。为了避免这种情形发生，他索性将浴池给关了。

我迅速洗完澡，打开了厕所门。阿里坐在走廊里低头看书，见我走出来，他合上书，起身把椅子搬进经理室，然后走进厕所，把被我用得只剩一半水的大桶重新灌满。

虽然还很谨慎，但阿里小心翼翼地和我交谈起来。他大概早已存下许多疑问，比如：

"你为什么一个人出门？"

"你的兄弟们在哪里，他们为什么不陪着你？"

"你为什么要从那么遥远的国家来到这里？"

"你来这里是想做什么？"

起初他远远地站在凉台门口发问，瞅见有人来了便赶紧闪开。后来他在不远处坐下来，面朝着我。

我仔细跟他讲述我自己、我生活的国家、我的旅行，还有我面对的世界。他低头沉默而用心地听着，偶尔抬头望望我。

渐渐地，他的问题变成："在你们国家，男人们在做什么，女人们又能做什么？"

我也开始问："你呢？你的家庭呢？你的国家呢？"

阿里是个孤儿，这个三岁时因父母双亡而投靠叔叔的孤儿，通过自身努力长成了这样一个诚实忠厚而安详的人。关于自己他说得并不多，他的目光每每掠过凉台栏杆投向远方。

我待在凉台上的时间越来越长，常常从傍晚到夜近。天黑下来了，远近的灯光在夜色里渐次明亮，凉风也从酷日的压迫里得到解放，悄悄地从山那头吹拂过来。

那些交谈的傍晚是多么愉快的时光，坦诚的空气弥漫在凉台上。我本来是孤单地面对着喀布尔，与阿里之间的坦诚却缓释了这一点，使我感到恬然。

有时人们会问："你一个人在路上，不会感到孤独吗？"

我很少想到这个问题。即便出发时只身一人，一旦到了路上便会遇见各种各样的人，便不会感到孤单。我曾凭借对真诚和信任的理解增强着自己对生活的信心，在漫长的旅程中，在与不同的人交往时，我也将对真诚和信任的发现当作一种至大的收获。

离开前的那个傍晚，我独自坐在凉台上眺望远方。金黄的落日正从饱经战乱、遍布废墟的喀布尔上空缓缓下沉，暮色四散。眼皮底下的喀布尔大街正处于一天中最为拥挤混乱的时刻：人声嘈杂，车声沸天，垃圾遍地，各种烤肉摊子在牛皮扇的催促下冒出滚滚浓烟，空气中充满了烟火气。

阿里在不远处做完祷告，悄悄地坐下。我们一同凝望着烟尘和落日。

忽然，我听到他轻声地问："赛玛，你要红茶还是绿茶？"

扭头一看，他正微微地偏着头，用关切的眼神望着我。我心头一颤，一股暖流瞬时涌过。

"绿茶。"我微笑着答。

第二天凌晨，我要去赶四点的早班车。三点多钟，我背着行李走下楼，照头天晚上的约定轻轻敲了敲经理室的玻璃窗，把钥匙留在窗台上。

旅馆楼前停着一辆早班出租车，司机正趴在方向盘上睡觉。我敲敲车窗，司机未醒，直起身却见阿里走下楼来，也许是行动匆忙，他没来得及裹上头巾，留着短发的脑袋裸露在凌晨凉爽的空气里。他示意我站到一旁，弯下腰去把司机叫醒，攀在前窗上告诉司机将我拉到车站去，随即打开后车门，让我坐进车里。

"再见。"他关上门，挥了挥手。

车子开动了。回身望去，阿里还站在黑暗中，遥遥地望着。

第二章

模糊的七十年代

陌生人，遥远的人，让我为你祝福。

- 1.警察纳维德 -

纳维德是喀布尔市警察局的警官，遇到他时，我正在集市里东瞧西望。

巴扎——bazaar——集市，这个词在世界很多地区流通着，正如另一个词在很多语言里也具有相似含义：馕——naan——面饼。

中亚地区一个令我感到兴奋的地方就是大巴扎，从牛铃马镫到水果蔬菜，从香料草药到热食冷饮，从丝绸布匹到珍珠宝石，从脂粉镜子到剃头摊子，在这儿不仅能看到当地各种日杂百货，还能发现好些奇异有趣的东西。而且，挤在熙来攘往的陌生人群中也常给我带来一种兴奋的参与感，我喜欢看到不同的服饰、不同的脸庞、不同的表情和微笑，喜欢听到那或长或短、或高或低、或粗或细的声音、调子和语气，也喜欢嗅到空气里飘荡着的包括牛屎马溺在内的或浓或淡的各种味道。这富于生活气息的地方能让人的所有感觉变得细微而充盈，以至于只要听到"巴扎"两个字，我就感到高兴。

在新疆喀什，我坐在小茶馆的炕上喝茶，一位维吾尔老人戴着老花镜为我详细列出了一份巴扎单子。从周一到周日，在喀什郊区或离喀什十多公里远的乡村，活跃着规模盛大、内容各异的民间交易集市，从伯什克然木乡到布拉克苏乡，从驴羊巴扎到甜瓜巴扎，这些定期聚集的巴扎在民间已延续了上百年——喀什的大巴扎在整个中亚地区可都是赫赫有名。于是在每天清晨的凉风中，我坐上毛驴车，沿着长长的通天杨夹道的小路到乡下去赶集。越靠近赶巴扎的地方人就越多，直至川流不息摩肩擦踵，转眼之间你会发现自己已置身于一片汇集了毛驴车、帐篷、人流和货物的喧闹海洋中。

喀布尔的巴扎沿着几近干涸的喀布尔河的河岸展开，街道纵横交错，里面人头攒动。与中亚其他地方的巴扎相比，这里售卖的各种日用品虽然还算齐全，却没那么精致，种类也不多，只是维持在一个基本层次上而已。

我爱在各色水果摊上流连，尤其喜欢辨别和尝试当地的水果与食物，接连吃了好几种怪样的甜瓜和酸奶。虽然有人瞪着我看，还常有小孩儿尖叫着尾随，但我不以为意，倒也相安无事。

后来我遇见几个钱贩子。那些人一眼就能瞧出来，他们往往三五成群，手里攥着大把当地通用的货币，拦在人流交会的路口或坐在桥栏杆上四处张望。

战争导致通货膨胀，阿富汗尼不断贬值，今日大量流通的是由过渡政府发行的新阿富汗尼，俗称"卡尔扎伊钱"。卡尔扎伊是 2002 年成立的阿富汗过渡政府的总统，他上台后发行了新币，一个新阿尼相当于一千个旧阿尼。不过此时的阿富汗，货币的使用仍有些混乱，市面上流通着三五种货币，背着口袋的钱贩子便应运而生，遍布喀布尔街头。他们手中既有卡尔扎伊钱，也有巴基斯坦卢比、伊朗里亚尔，当然也少不了美金和欧元。

我打算换点新阿尼，当街锁定了一个钱贩子。我告诉他一个数额，他撩起长袍下摆，从腰间掏出一个口袋，拿出一捆阿尼。

迎面忽然走来一个身穿土黄制服、戴着帽子的警察，他示意我把手中的钱收回去。"你是哪里人？你在这里干什么？你怎么一个人在这里？"

我还没来得及回答这连珠炮似的问题，换钱的小贩就吓得不知躲到哪里去了。

"我想换点钱。"我悻悻地说。

"在这里？！你不怕被骗吗？你不知道这巴扎里有很多坏人吗？"

我哑然失笑。在喀布尔这样的地方，又能到哪儿去找一个所谓的安全之所？

"让我来保护你！"他毛遂自荐道。

"谢谢！你是警察，恐怕还有其他任务吧，我就不耽误你了。"我不认为自己需要谁来保护。

"我的任务就是保护你的安全！"他慨然说道。

"你"大概是指外国人。我本想就此讥笑一番，想想他也是好意，也就作罢。"你的'保护'是要付费的吧，baksheesh*？"我提醒他。

"什么baksheesh！这是我的责任！"他睁大两眼诧异地看着我，似乎在责备我的小人之心，倒令我有些赧颜。

我和他边走边说。我发现有他走在我身旁，周围的男人在几步之外就会绕开，不似以前那样有意无意地挨过来或挤撞一下，也不再明目张胆地盯着我看个不休，而是小心地移开目光，避免与我对视。这或许算是在此地有男性陪伴的好处吧。

* 源自波斯语，意为小费、施舍或小额贿赂。

我脑中浮现出在白沙瓦时经历的一件事。旅行社经理派一个伙计陪我到边境事务管理局去办理通行证。对那些老实本分的当地男子而言，与陌生的外国女子同行可能十分尴尬，假如被熟人撞见免不了要费番口舌，所以出了旅行社大门，那伙计就埋头匆匆"赶路"，装作与我毫无干系的样子，一直领先我六七米。

　　途经一座长桥时，一个男子与我擦身而过，他还以为我是独行，放肆地扯了一把我的帽檐。

　　"干什么？！"我刹住脚大喝一声。

　　男子嬉皮笑脸地正想凑近，却发现前头的伙计回转身子摇着双臂走了过来。这完全出乎他的意料，他大为慌张。

　　"出了什么事？"伙计问我。

　　"他扯我的帽子！"我理直气壮地指着陌生男子。

　　伙计脸上当即露出一股夹带威严的怒气，伸出双手一把揪住那人的衣领，大声威吓了几句。男子的舌头有点打结，磕磕巴巴地狡辩说自己是不小心碰到的——我听不懂他们在说什么，但能猜到个七七八八。仅仅几秒的对峙，两人力量上的优劣已显而易见：伙计高大威猛，比那男子高出半头不止，他揪着对方的领子大力一摔，叫他滚蛋。

我意识到，虽然我与伙计没啥关系，但只要我出于某种原因走在他身边，就暂时处于他不可侵犯的尊严范围之内，他就有责任保护我，别的男人也就不敢轻易冒犯我。对穆斯林来说，出于对严格教规的遵守和对无上尊严的护卫，自家妇女被人侵犯一事很可能会引起残酷的仇杀乃至血流成河的后果。

想起这事，我便不再拒绝这个警察的自告奋勇。虽然我对他还保持着一分警觉，但其实没啥可怕的，既然他愿意奉陪，随他好了。他问我想去哪里，我说想随便转转，他便领着我四处闲逛。

♣　♣　♣

喀布尔是个古老的都市，亦是古代中西方通商要道丝绸之路上的重要门户，当年张骞出使西域时到过阿富汗，或许也曾涉足喀布尔。历史上的阿富汗也曾繁荣强盛，有过辉煌的历史，后来却被各种战争摧残得伤痕累累。

今日喀布尔市区的规模大约与中国的一些中型城市相当，而郊区的很多地方已在长年内战和美国的多次空袭中变为废墟，只剩断壁残垣伫立在小山坡上。

我们去了散落在喀布尔河畔的几个清真寺。喀布尔河穿城而过，已干涸见底，裸露的河床上布满垃圾，散发着腐败的异味。

喀布尔的清真寺不大，与伊朗等地动辄占地数十上百亩的壮丽殿宇相比，显得古朴苍凉。清真寺门前的小广场上坐着个卖粟米的老人，我从他那儿买了些，抓一把抛向空中，天上盘旋的群鸽旋即俯冲而下。

寺内的小小庭院里古树参天，唤礼塔细细的尖顶穿过浓密枝叶的空隙，破空勾勒出一个耸动的轮廓。鸽子在塔尖下方的平台上踱步，咕咕咕地浓声叫着，忽而又扑棱棱地展翅飞向高处，在空中自由盘旋。

我坐在庭院中央的水池边，阳光透过枝叶将我照得斑斑点点。外头的空气是热而白的，树下的空气却是凝滞的，带着谨慎和坚固。低头看看放在膝盖上的手，在这墨绿色的光线里，我的手也仿佛是凝滞的。

仰头望着远处的蓝天，高原上干燥炽烈的阳光被挡在树荫之外，从树底下望去，连那天空的蓝色也显得灼热逼人。

我俯身用池子里的水洗了洗手，水已被晒得温热，又脱下凉鞋，在掌心里舀上些水，洗了洗脚。这举动没什么特殊意义，我虽在这里，可也只是在这里而已。

几个闲散的人坐在远处闲散地看着我。我知道，在某些方面自己与他们相互隔绝，而这种隔绝是无法通过交谈、通过彼此的善良或热情就可以消除的。从前，这种隔绝曾让我无法抑制地悲伤，可是现在，我已能够坦然地面对隔绝，就像面对差异。

世界大同，我以为，是不存在的。

纳维德安安静静地陪我坐着。

"你有信仰吗？"他突然问道。

"没有。"

"你不信真主吗？"

"不。"我把目光从远处收回，转头看着他。

他真年轻，目光单纯。我想起多年前的生活。那时，大海在我面前好似深不可测的渊薮。如今，大海仍在我面前，却波光潋滟，如同遥远的阳光那样宁静而深黯。

纳维德今年二十六岁，他得意地告诉我，他曾是全阿富汗karate比赛的冠军。

"karate，你知道吗？"他挥动胳膊比画着。

我不知道，不过他想告诉我的显然是某项拳术运动的名字。他很是着急，那样我就无法分享他的自豪。

当时我们正走在大街上，他伸出胳膊，五指大张，慢慢做了两个宛如武打片里的动作，试着解释什么是karate。

"跆拳道？柔道？韩国？日本？"我胡乱猜测道。

"日本，是的。不过……"他挠了挠头。

纳维德中等个头，异常精瘦，颧骨从薄薄的皮肤下高高地凸了出来，肌肉则很结实，看上去坚韧干练。不管这个karate是什么，他总归是个拳脚冠军，若是这个冠军要来袭击我……我一边胡思乱想，一边为自己的想象笑将起来。

"你想去看看我以前学习 karate 的学校吗？"他舒展眉头、摩拳擦掌地提议。提到 karate，他似乎变成了小孩子。

"好啊，在哪里？"

他说不远，就在喀布尔河畔。我们就转了个方向。最初我还有点忐忑不安，提防着他会把我领去什么阴暗角落，后来我们顺着人来人往的街道来到一个状似中学的院子里，看到他和看门人亲热地打招呼，我才放下心来。

院子里的泰半建筑已变为废墟，唯一一栋完整的五层楼只有个胚架，裸露着粗糙的灰色水泥墙面，上面是一排排没有安装玻璃的黑洞洞的窗框。

我跟着纳维德爬上楼去，楼梯没有扶手，只有光秃秃的台阶。这里大约是他很熟悉的，楼梯间往来的学生跟他亲热地打着招呼。他带我穿过阴沉沉的走廊，走廊上弥漫着芒果的腐烂气味，两边的房间大门紧锁，透过肮脏朦胧的窗玻璃隐约看见里面堆满了杂物。

纳维德去一间办公室里问了问，得知 karate 训练下午五点才开始，目前是摔跤训练班。他问我想不想先去看看，我当然乐意。

没料到黑暗走廊的尽头竟然是两间开阔而正规的训练室，我跟着走进一间。屋里有二三十个穿着紧身训练服的学生，有的在练习原地高弹跳，有的在单双杠上做着热身运动，一旁站着教练，他身形彪悍强健，留着威严的髭须。

纳维德走上前去对教练说了几句，教练望向我，我冲他点点头——出乎意料，他脸上突然绽开了孩子般羞涩的笑容。

屋子尽头的墙上贴着一幅巨大的海报，上面是已故的阿富汗北方反塔利班联盟领袖马苏德，他身着军服，跪在地上做着祷告。

这个在阿富汗民族运动中脱颖而出的英雄，因为当年领导的抗苏游击战和对塔利班武装的顽强抵抗，不仅让西方媒体深感兴趣，也成为阿富汗民众崇拜的偶像。正如许多杰出人物的骤然陨灭一样，马苏德的遇刺身亡也使他成为一个伟大传奇，他的照片、画像不仅在阿富汗北方地区随处可见，甚至在土库曼斯坦和伊朗的街巷里，我也发现了印着他头像的纪念品。

然而，实际情形要复杂得多。一直以来，阿富汗并未形成现代意义上完整而统一的国家政权体系，其政权运作基本上由相互冲突的党派、军阀、民族、部落等混杂构成。在阿富汗，民族、部落和宗教信仰对社会生活影响深远，各民族和部落都有自己的政治主张、组织形式、经济模式和风俗习惯，许多部落还拥有独立的武装力量，长期不受中央政府管辖，而各民族、部落与教派之间的暴力冲突持续不断。自1919年阿富汗宣布独立以来，历届政府都试图加强对境内各民族和部落的控制，但都遭到了强烈而残酷的反抗。

阿富汗境内约有三十个民族，其中普什图族人口最多，在政治、经济、军事和文化领域都占着统治地位。不仅阿富汗历代国王（包括流亡国王查希尔）和军政要员均为普什图人，塔利班武装也几乎全由普什图人构成，这就造成普什图族与其他民族、部落之间在宗教、利益各方面有着难以调和的频繁冲突。

苏联侵略阿富汗的十年战争结束后，阿富汗迅速陷入内战的泥沼，不少民族、部落靠着独立武装割据一方，最初以伊斯兰学生军形象出现的"塔利班"就是在这样内战不休、派系割据的背景下成立的。由于得到了普什图人的拥护——塔利班的首领奥马尔正是普什图人，塔利班的势力不断壮大，在内战中接连获胜，最终于1996年9月攻占喀布尔，开启了塔利班统治时期。

面对塔利班这个共同的敌人，阿富汗北部各民族、部落能够暂时结为同盟，但各群体间的固有矛盾与权力纷争始终难以消弭，北方反塔利班联盟便一直在联合与分裂之间摆来荡去。身为塔吉克族，马苏德自然是塔吉克人眼中的英雄，可普什图人、哈扎拉人、乌兹别克人以及其他少数民族却未必愿意买账。虽然欧美等国出于各种利益考量，竭力提升马苏德的声望，可他的影响力依然限于阿富汗北部，在广大南部地区就很少看到他的照片。

我久久地凝望着马苏德。照片里的他总戴着一顶塔吉克传统式样的圆形羊皮帽，面色坚毅，目露沉思。

马苏德曾是一名在喀布尔大学工学院读书的年轻学生，当年的他也许怀着几分技术救国的想法吧。还在学校时，他便组织活动反对通过军事政变上台的达乌德政权，遭镇压后流亡巴基斯坦。1979年苏联入侵阿富汗，二十六岁的马苏德返回家乡潘杰希尔组建起游击队抗苏，他凭着机智勇敢多次击败苏军的围剿，成为著名的游击队领导人，被誉为"潘杰希尔雄狮"。在对抗塔利班武装时，他则利用与苏军周旋多年的经验和个人声望尽力将塔利班之外的各派势力联合起来，他是北方反塔联盟的灵魂人物，维持着联盟的团结。

大概马苏德意识到孤独的阿富汗不该是孤独的，所以他出人意料地造访了法国和欧洲议会，树立起一个开明的形象且赢得了对方的帮助。他也尝试打破传统成见，主张给予妇女更多自由和与男性同等的权利。他还设想来日举行一次全民公决，让阿富汗人通过投票决定由谁来领导和建设自己的国家。他试图改变阿富汗在世界上的孤独处境，并为此沉思着努力着，直到 2001 年 9 月 9 日——恰好是"9·11"事件的前两天，他被伪装成外国记者的"基地"组织成员刺杀。

不知那些拥护他、爱戴他，或者反对他、蔑视他的阿富汗人会如何理解他的种种想法与举措，又是否会让他的努力随着他的逝去而付诸东流。不知北方联盟内部的权力争夺会是何种结局，阿富汗人又会怎样处理国家、民族、宗教信仰之间那根深蒂固的分歧与冲突。

马苏德生前可能不曾想到，死后他的形象会如此频繁地出现在街头巷尾的海报上、大小媒体的宣传中、普罗大众的口耳间。事实上他已成为众多意义模糊的现代传奇符号之一。在对席卷全球的现代化的殊死反抗中，塔利班运动具有特殊的意味，而与之相反、奋力带领阿富汗融入现代进程的马苏德，历史会如何看待他则尚难预料。

纳维德给我找来一张椅子，自己坐在我身边的地板上。他入神地盯着摔跤场上的少年，眼神里流露出兴奋和激动，估计是想起了在这里度过的少年时光吧。

这是一个纯粹男性的世界，空气里游荡着男子的浓重汗味。在摔跤场上扭打的少年们精力旺盛，大声吆喝着将对手扭于膝下或摔过头顶，不时有人飞扑至某个角落，木地板上响起身体坠地时沉重的嘭嘭声。

我们观看了半个多小时。我本能地察觉到，可能这里基本没有女性涉足，我的在场就难免使他们的训练带上一丝作秀的味道。这让我有些不安。为了不打扰他们，我提醒纳维德该走了，他将专注的目光从场上收回，恋恋不舍地离开。

我们进入另一间训练室。"这就是 karate！"纳维德兴奋地说。

看见教练、学生以及他们的着装，我恍然大悟：原来 karate 就是空手道！眼前这个半路杀出的警察竟然曾是阿富汗的空手道冠军！后来我才了解到，在中亚地区，阿富汗人在空手道和摔跤领域的表现十分出色。

空手道训练刚刚开始，一队身着白衣、束着腰带的少年跟随教练的口令在做原地高弹跳，见我们进来，他们一边弹跳，一边不安分地扭头张望。害怕打扰他们，我们看了一会儿便告辞了。

纳维德问我还想去哪里，我说想去看看喀布尔的女子学校。这天是周日，学校里空荡荡的没什么人，有几处地方正在重建和修缮。看门人百无聊赖地在大门口踱来踱去，听着收音机里传出的欢悦的印度歌曲。塔利班时期，女性被禁止上学和工作，如今不知恢复得如何，但也料想得到，既然要重新开始，一切都不会很轻易。

后来我们沿着喀布尔古老的街道散步。从街上望去，喀布尔背靠着几座小山，山坡上层层叠叠地布满半是废墟的土坯房子，大都是泥褐色，中间点缀着一两所刷成粉红色或嫩黄色的小屋，在成排的灰暗建筑中犹如珍珠般耀眼。屋舍之间偶尔会探出几条果树的枝杈，屋顶平台上晾晒着垫子和花花绿绿的衣物，孩子们放着自制的简陋风筝，清脆的笑闹声从山坡上四散开来。

我曾在一些图片上见过这样的喀布尔，那些图片至少是二十多年前拍摄的。阿富汗所处的关键地理位置，令其先后成为英俄两国争夺中亚霸权的血腥战场。从1839年到1919年，英军先后三次入侵阿富汗，但都遭到了顽强抵抗，那些坚韧难缠的游击队成了英军的噩梦。1921年，阿富汗人的抗英战争获得了胜利。不幸的是，从1979年到1989年，阿富汗又陷入了苏联的侵略战争中，双方死伤无数。十九世纪以来，阿富汗历经了抗英战争、抗苏战争和无数内乱，大约只有查希尔国王在位期间，阿富汗有过短暂的和平与繁荣，但很快就再次坠入内外交困的境况。

在纳维德的建议下，我们又去了体育场，曾是运动员的他对这里自然饱含感情。体育场里有一块庞大的草坪，却没什么草，光秃秃的，一群少年在踢足球，他们高声叫喊着混战成一团，扬起阵阵尘土。我们在球场边的水泥看台上坐了下来。

两年前，这里大概没人踢足球，那时它被当作处决犯人的场所。而所谓的犯人也许是一个妇女，她跪在地上，因通奸罪被人们用石头砸死，脑浆涂地。

我打了个寒噤。

我问起纳维德的家庭。他说他的父亲和一个姐姐在战争中死去了；另一个姐姐被他的姑姑带到了巴基斯坦，在当地做生意；他的母亲作为难民逃到了加拿大，已经再婚，育有一个弟弟和一个妹妹。

"我没有家。"他皱着眉头望向远处，面容憔悴、坚决。

"你将来会去加拿大吗？"

"可能不会，虽然那是个很好的地方。"

纳维德不知道自己在加拿大能做什么，去年他的母亲和继父回过阿富汗，但他与继父的关系很糟糕。他说自己很喜欢当警察，在这个警察局里已经待了好几年，退役后大概会去巴基斯坦找他的姐姐。

"可我又不喜欢做生意。"他颇为犹疑。

"你可以去当空手道教练！"

他嘿嘿一笑。"好主意，只要到时候我的年纪还不算太大。"

"我们一起吃饭吧。"离开体育场后,我们往回走,我很想请他吃顿晚饭。

"警察局就在前面不远,我回去吃。我在警察局里吃了很多年,不太习惯在外面吃饭了。"他坚决又不失礼貌地拒绝了邀请。

我们已兜了个大圈来到了位于闹市区的警察局,在门口值勤的警察跟纳维德打了声招呼,又望着我笑嘻嘻地跟他说了句什么。纳维德让我在离警察局大门十来步远的长椅上坐着等他,他先进去处理点事情,再送我回旅馆。

回旅馆的路上,纳维德沉吟着告诫我:"你跟阿富汗的警察要少打交道,很多警察都是坏人,坏得你难以想象。"

我忍不住笑了。"那你呢?"

"我是好人,你是我的姐妹。"他脸色一正。

听到这话,我心里很感动。

"我就不上去了,明天我正好休息,可以继续陪你逛逛。"到了旅馆楼下,他对我说。

约定了明早碰头的时间后，我看着他转身走进了人流中。我想我已经开始信任他了，信任的建立往往就这么简单。

※　※　※

走进房间，我发现同屋的日本人史太郎仍躺在床上。这是我到达喀布尔的第三天，这天早上史太郎的同伴先行离开了喀布尔。史太郎从塔吉克斯坦下来时就患了腹泻，想在喀布尔休整两天。

我问史太郎今天感觉如何，却没听到他的回答。走到床前仔细一瞧，只见他紧闭着眼，面色红紫，鼻息粗重，状态显然不太好。我大吃一惊，伸手到他额头一探，果然发烫。他被我的触摸弄醒了，虚弱地睁开了眼，双目赤红。我找出体温计给他量体温——39.7℃，随后翻捡出自己携带的退烧药，让他和水吞下。

我蹲在床头对他说："史太郎，你要是不想死在这里，明天一定要去看医生。"

他虚弱地点了点头。

我回到自己的床边坐下，看着面前奄奄一息的室友。旅途中人都知道，只身行走最可怕的事莫过于生病。史太郎什么药都没带，腹泻了快一周却只是强撑着，到底还是病倒了。

我想起在印度旅行时遇见的一个日本人，他生病后硬挺了半个月，某天昏倒不起被人送进医院，结果查出是乙肝，差点为此送了命。当然他们自有不肯上医院的道理：当地医院不怎么可靠，他们生怕进去后非但治不好反而会染上别的病。但在战争刚结束、大批外国记者刚撤退的喀布尔，医院的情形或许不会那么糟。

我去经理室询问医院的开门时间，阿里听了也很着急，说晚上医院不开门，早上才开。阿里跟着我到房间里探望史太郎，他从床边直起身时瞥了我一眼，我猜他大概有些疑惑：这都是些什么人？为什么这些人会孤身跑到这么个地方来，费钱不说，还有可能送命？

这个夜晚漫长难熬。喀布尔仍在执行宵禁，夜间全城停电。史太郎频繁起夜，拿着手电筒摇摇晃晃地去上厕所。我几乎没睡着，担心他会昏倒在厕所里，就算他躺着，我也不由自主地倾听他的动静。

喀布尔的夜晚时不时会响起群狗的吠叫，呜噜噜的声音在空旷的街道上含混地划过，终于变为远处野性而响亮的咆哮，然后是一阵狂撕乱咬。在狗吠声的陪伴下，整个夜晚我的思绪都在迷迷糊糊的乱梦中翻涌。

天总算亮了，医院该开门了。我疲倦地躺在床上等待。八点左右听到有人敲门，开门一看，纳维德如约而至，他换了身便服，一副出门去玩的打扮。听到史太郎的病况，纳维德立刻表示可以带他去医院。这时候有纳维德这个翻译，该是多大的帮助啊。

"你看，这是我的父母。"在出租车上，纳维德从前座回转身来递给我一张照片。

这是一张放大了的拍摄得非常清晰的黑白照片：年轻英俊的父亲笔直地坐在椅子上，唇上是修饰齐整的胡髭；披着头巾的母亲深情地微微斜靠着自己的丈夫，怀里抱着个满脸稚气、双眼大睁的娃娃；两个年幼的姐姐站在父母身后，脸上露出纯真的笑容。全家人清朗明亮地坐在照相馆的摄影棚里，恍若正坐在一个美好的年代里。

"那时我才一岁，刚刚学会走路。"纳维德饶有兴趣地盯着照片中的小娃娃，笑着说道。

我捧着这张美丽的照片看了又看。从纳维德的年纪推算，这张照片摄于上世纪七十年代末，可仅仅过了几年，照片上的两个人就永久地消失了。在他们那饱经战乱的心里，什么样的年代才算是值得回忆的美好年代？

纳维德又腼腆地递给我一样东西，说是他的空手道冠军证书。证书是一张略厚的纸，过了塑，有一本书大小，上头写着我看不懂的文字，贴着他的彩色寸照，还盖了章。望着照片上那张稚气未脱的脸，我禁不住笑起来，弄得他脸都红了。

史太郎的外国人身份难免让医院有所推托，我们不得不多跑了两家。一切都赖纳维德帮忙交涉，我连去了哪些医院都搞不明白。最终我们来到一家距离较远但看上去挺干净的医院，大门口有持枪的阿富汗军人把守，进出均需登记。原来这是联合国维和部队的专属医院，也是喀布尔条件最好的医院。

史太郎接受了常规检查和治疗，注射了两针针剂，打了一瓶吊针。史太郎犹豫要不要住院观察一段，纳维德说在这里住院非常昂贵，建议我们把药买回去，他有个朋友是医生，可以到旅馆去为史太郎打针。

史太郎输液时，纳维德对我说："这儿还住着我的一个同事呢，我想去看看他，你要不要一起去？"

看到史太郎正闭眼躺在床上休息，我便说："好，那就一起去吧。"

纳维德的同事是个年轻小伙子，我们走进病房时，他正靠在床头上看杂志，身上盖着被子。他的脸色苍白、安静，安静得简直有些疲倦。这个大房间里共有八张床，病人有的躺着，有的坐着，有的看书看杂志，有的望着窗外，也都十分安静。床铺间的通道上停着两辆轮椅。

我们在小伙子的床边坐下，纳维德和他说笑着。其他病人把书和杂志都放到了一边，凝神听着他俩聊天，一会儿看看他们，一会儿又看看我，听到高兴处也纷纷乐起来。我没参与他俩的谈话，但看着他们也不觉有什么拘束。

"到小花园去走一走吧。"小伙子望了我两眼，用英语对纳维德说。

纳维德站起身，从通道上拉过一辆轮椅，又掀开被子，伸出双臂架在小伙子腋下，支起他的身子，帮他从床上挪到了轮椅上。

纳维德推着轮椅慢慢地走，俩人边走边聊。我跟在后面，直愣愣地盯着小伙子的后脑勺，别的什么都看不见。我情不自禁地想着刚才纳维德架着他下床时他那空荡荡的下身，想着那触目惊心的半截身子，脑子里轰轰作响。趁人不注意，我悄悄地擦去眼泪。

"你们谈吧，我到那边晒晒太阳。"来到小花园里，我对他俩说，随后赶紧走开。太阳毒辣得让人头昏，我摸索着在花池边坐下。我闭上了眼睛，然而太阳依然炙热刺目，足以将泪水灼干。

不久他俩走到我身边，小伙子坐在轮椅上冲我笑了笑。我和纳维德把小伙子送回病房后回到注射室，史太郎已输完了液。

　　我们买完药，一起坐车回到旅馆。躺在旅馆床上，史太郎的气色变好了些，对纳维德的热情帮助也有了力气道谢。

　　纳维德诚挚地对他说："不必了，你是我的兄弟。"

　　我在一旁听着，为自己能偶遇和结识这样的人感到高兴。我叮嘱了史太郎一番，便请纳维德到二楼餐厅去吃饭聊天。

　　饭后回到房间，史太郎已平静地睡去，额头上微微地冒着汗。我又和纳维德去街上逛了逛，给史太郎买了些干粮和饮用水。

- 2. 七十年代 -

这天夜里，史太郎的病情总算有所好转，高烧缓缓退了。我原本计划第二天去巴米扬，临时决定留下来照料他两天。

一大早纳维德便带着他的医生朋友来到旅馆，给史太郎吊了一瓶昨天从医院买的药水，又打了一针，而后离开了。

经过一晚的休息，史太郎的精神也好了不少，见他很想说说话，我便陪着他聊了许久。我们都生于七十年代，虽然来自不同国家，可面对世界和生活时所感到的困惑和不确定却如此相似，不免令人惊讶。

史太郎辞去工作出门旅行已有半年了。辞职前他在一家动画工作室做动画设计，干得挺不错，而目前日本经济不景气，他回国后可能很难再找到那样称心的工作了。

"辞职出来要下很大决心吧？"

"那倒没有，也就是一份工作而已。不管怎样，要找到一份工作来养活自己还是不难的。"

"你是说，将来找到的工作难免每况愈下喽？"

"是啊，毕竟年纪越来越大，刚毕业的人又那么多，他们都是八十年代出生的人了。"看得出来，他对工作前景还是有些不安的。

渐渐地我们谈起一些私事，好似相识多年，有些话平日即便对亲密的朋友也不怎么提及。人们往往更信任与自己没有利害关系的陌生人，往往会在短暂而偶然的谈话中毫无保留。

史太郎是个目光直率的人，眼里没有什么难以捉摸的东西。从他的话语里，我知道了他那遥远的家、他的父母和姐姐。他母亲退休前是中学老师，也是一位可爱的令人敬佩的妇女，尽管年纪愈来愈大，却一直不停地学习新东西，比如电脑、英语、法语。而今六十多岁的她兴致勃勃地去加拿大当了志愿者，教外国人学日语。

"我与母亲一直缺乏沟通和了解。这好像是因为我们都很忙，没有时间，可我知道那不是真的。我们现在的交流也不算多，但她会从加拿大给我发邮件、打电话，我很高兴。没想到我快三十岁了才开始了解自己的母亲。"他叹了口气。

他也说到他和父亲之间那难以理解、难以逾越的鸿沟。他为此深受困扰，以至于二十五岁之前一想起父亲就倍感绝望和沮丧。

对我们这个年纪的人来说，两代人之间的理解是多么困难，有时即使想要交流也不知从何入手。

"虽然我母亲也不能理解我的生活，但她不会横加干涉。我父亲却动辄对我大喊大叫、指手画脚。"

在一次剧烈的争吵后，史太郎和他父亲整整三年没有见面。

"那三年后你们是怎么重新见面的？"

"有一天我意识到，我不必那么介意父母不了解我这件事。于是我告诉母亲我想回家看看，母亲转告了父亲，父亲没有反对。那一次我在家里坐了十几分钟就走了，后来偶尔回去看看。"

史太郎说他的父亲正如大部分日本男人一样勤勤恳

恳、一丝不苟，只知道工作、工作，退休后领着一笔丰厚的退休金，不需要工作了，却不知道该干些什么，就什么也不做，整天躺着睡大觉，起床只是为了吃饭。

"我的姐姐和母亲有时会劝他去干点学点什么，或是像别的退休人士那样出门旅游打发时间，他听了就怒气冲天大吼大叫，恨不得用头去撞墙，看着又可恨又可怜。"

"可是……也许你的父亲需要帮助。"我说。

"他确实需要帮助，可我们没办法帮他。他这辈子唯一的爱好就是工作，一旦没了工作，他发现自己什么都不会，什么都干不了，成了多余的人。让他生气的或许正是这个。他才六十多岁，就已灰心丧气地放弃了重新发现生活和爱好的可能，自己放弃了，谁还能帮他？他只是在无聊地等待最终一刻的降临——只是在等死而已。"说罢，史太郎显得疲惫至极，重新躺了下去。

"你不会已经放弃他了吧？无论如何，再试一试吧。"

"也许吧。"史太郎头枕双手望着天花板说，"就像我以为我会恨他一辈子，可我没有。这次回去我会再试试。"

"你的父母如此不同，怎么能一起生活那么久？你母亲没有抱怨吗？"

史太郎说他也问过母亲这个问题。据说他父亲年轻时忠厚诚实、勤奋向上，谁都没想到他老了会变成这副样子。史太郎还记得母亲说到此事时黯然神伤的表情。

"我的父亲是个好人，一个普遍意义上的好人，一个放到哪里都会被认为是个好人的好人。"

一个好人。关于他父母的情感，我没再细问下去。无论在中国还是日本，父母的情感对子女而言似乎都属于禁区，是禁止推测或无须推测的——父母永远都是"父母"，而非作为个体的男人或女人。我暗暗猜想，史太郎的母亲时时远走他乡，跟她和丈夫的情感状况不无关系吧。

在路上经常会遇见日本人，他们大都年轻，低眉顺眼，一个人沉默地行走。若与之交谈，许多人会神情羞涩地回答"我只会说一点点英语"或是"我的英语讲得不好"，边说边把拇指、食指和中指捏起来比画着"一点点"，真的只是一点点。

而那些韩国年轻人，集体染着参差不齐的黄头发，穿着肥腿裤，踢踢踏踏蹬着不合脚的宽大运动鞋，一群两群三个五个像逛公园一样精力充沛地走在大街上，七嘴八舌地高声讲着韩语，围着各色小吃摊，冲进各种纪念品商店，熟练地齐心协力地砍价。

一个人的日本人，他们没有拉帮结伙一哄而上，他们在尘土飞扬的异国大街上落落寡欢似的低头走着。

几年前在西藏转神山冈仁波齐时，晚上投宿在寺庙中，那座小庙位于山腰，门前便是奔腾喧嚣、波浪雪白的大河。站在屋顶平台上，冈仁波齐近在眼前，皇冠一般静静闪耀着神性的光芒，近在咫尺，又遥不可及。

那晚活佛睡在里屋，响亮地打着呼噜。几个不期而遇的投宿者，包括两个日本人，一起躺在外间厅堂的地板上、泥塑宗喀巴的下面。

就着一簇静静的高低伸展的烛光，我们聊起理解的话题——这一代和上一代或是这一代和下一代之间。理解很难吗？大概很难，真的很难。

他们在超市收银，在餐馆洗盘子，在网球场做陪练，在公园当园艺师；他们在美国的垃圾桶里翻拣食物，在欧洲街头的长凳上过夜，在尼泊尔的荒山上种树；他们漂洋过海去采摘葡萄，在澳大利亚或加拿大的农场里晒得浑身黝黑、皮肤皲裂，他们就是不想去过父母一直过着的那种辛勤工作、老实挣钱的日子。

对那些打小就熟悉的日子，他们说："厌恶。"

厌恶。难道厌恶也能成为一种力量，能将人远远地放逐直至天涯海角？

♣　♣　♣

我告诉史太郎，有一次我在孟加拉国的达卡机场偶遇了一个美国人。

现在很少能在偏僻的路上见到美国人了，虽然直到十多年前他们还是路上的常客，美国的摇滚乐也曾随着路上的美国人传遍了世界。

但我竟然碰到了一个美国人。

飞机一再延误，从下午两点到四点再到傍晚七点，又拖到了夜里九点。候机大厅里逐渐人迹寥落。我和那个美国人是从九点开始聊起来的，我拿出《世界地图册》，请他给我比画他的三次非洲之行。直至十一点登机，我都在津津有味地听他述说他从七十年代末起延续了二十年的非洲故事。

这个美国男人又瘦又高，背有点驼，花白的头发在脑后粗率地扎成一根瘦小的马尾。他皮肤苍白，手背上青筋暴露，若不开口说话，很难被认作是美国人，我见过的美国人大多身强力壮、气盛言高。

他有双浅蓝的眼睛，淡淡的蓝色显露着推心置腹的诚恳，却又时时闪现出疑虑重重的惊恐，这使他脸上总带着一种心虚胆怯的神情，好像做错了什么，又或是为了什么而难为情。

我对他感到好奇。非洲只是个借口，我只是好奇。登机后，我特地和他坐在一起，从达卡到孟买，我们飞了四个小时。

我不再打听他在非洲的生活，也不再询问苏丹军人或坦桑尼亚劫匪，而是问他："当初你为何选择了非洲？"

他想了想，笑了。"有时我觉得是生活引导着我，而不是我引导着生活。我只是被生活牵引到了非洲，如今则是印度。"

如此坦白的回答让我有些意外。在孤寂的旅程中他或许很少碰到有人愿意听他讲述他的生活吧。许多人都经历过那种面对陌生人时突如其来的试图解释自己的冲动，大概"解释"也能成为存在的一种简易证明吧。

他未等大学毕业便自行退了学。

"你从二十二岁起就在世界上流浪，每隔几年回一趟美国，那你如何维持自己的生活呢？"

"这原本是个大问题，不过在我三十岁那年我母亲死了，问题就解决了——愿上帝保佑她。她给我留下一栋房子，我把房子租了出去，此后就靠租金生活。平时我还做些小生意。"

"你想有个家吗？请原谅，我是个女人，我关心这个。"

"嗯，我有个女朋友，她替我照料那栋房子——打扫房间，收取房租。她是个阿根廷人。听上去很奇怪是吧？一个美国人、一个阿根廷人，在西雅图，这个世界本来就很奇怪。"

"一个女朋友……你爱她吗？或者说她爱你吗？"

"我不知道。也许吧。"

"你不觉得她有所期待吗？"

"我不知道。不过我早就对她说过，她随时可以离开，不用等我。"

一个女人在等待，也许满载着对生活的期望。她的男人却告诉她，她随时可以走，不用等他。

"你觉得自己将来得有个家吗？"

"家，什么是家？是指房子吗？我有房子，在西雅图，可那只是房子，不是我的家。我的家在非洲，或者在亚洲，我走到哪里，哪里就是我的家。我有时觉得自己不是美国人，也不是西雅图人，我只是生活在地球上，可别人却不这么想，他们只相信我的护照。"

我们又聊起责任与情感。人们不喜欢责任不愿负责任所以不愿结婚不愿生孩子因为结婚和孩子就意味着责任。人们越来越害怕责任。人们在逃避责任。婚姻与责任。爱与责任。爱与做爱。男人喜欢做爱是因为男人比女人更惧怕死亡。

说到末一句我们都禁不住大笑起来。

过了许久笑声都未能停止。并非真有什么东西那么好笑，我只是……只是在嘲笑自己的生活。他也还在笑着，神色忧伤。

"瞧，我们终于谈到了哲学，什么问题说到头就是哲学。"我说。

"是啊，总是这样。"

我们总算止住了笑。

"你会停下来吗？"我又问。

"你指什么，这样漂泊的生活吗？我四十五岁了，很奇怪，我开始设想有一天我会回到西雅图，回到我的房子里停留下来。我这么想可能是因为我开始老了。不过我不知道该怎样停下来，也许我是害怕停下来。"

"这样一直走有意思吗？只是按着惯性不停地走。"

"我也不知道。我希望自己知道，我希望自己知道什么时候该走，什么时候该停。但是你看，人并不是无所不知的，包括对他自身。"

"也许你是在逃避，逃避自己所不知道的？"话音刚落，我就意识到这句话了无意义——我们当然不知道自己在逃避什么，不然就无须逃避了。

"也许吧。要是我知道自己在逃避什么就好了。"

这时广播开始播报："请各位旅客注意，飞机即将抵达孟买机场……"

广播的插入让我们停止了交谈。

"然后呢？"史太郎问。

"然后我忽然发觉自己也有一点害怕。"

"害怕什么？"

"害怕自己将来会像他一样迷失在路途里，不知何时该走，何时该停。"

想到自己或许会有这相似的命运，我顿觉一丝忧虑。广播里的声音仍在继续，印度大陆的阑珊灯火在舷窗外次第展开。转念一想，既然自己已察觉了，也许就能避免像他那样。

我对史太郎说："我想我的未来不会像他那样，我会避免像他那样。他走了那么久那么远，而今这只让他在面对人群时感到虚弱，感到自己已处于社会边缘。他实际上害怕了，害怕边缘，而他已不再年轻，觉得自己已来不及再去改变什么，所以时时面露胆怯。"

"你为什么觉得那不会是你将来的命运？"

我们这一代的命运。我们没有上一代人那样坚定的信念、狂热的理想、疯狂的偶像崇拜以及苦难的记忆；我们似乎什么都有，包括机械的科学主义和空虚的自身，却又什么都没有。

"我还年轻，一切都还来得及。我不想像他一样等到四十五岁时才发现自己只是在徒劳地走，或者说跟着惯性在漂流，内心却一无所获。"

"你呢，你怎么设想你的未来？"我问史太郎。

"我不知道。我不想考虑未来，也许根本没有所谓的'未来'。"

后来在孟买机场领取行李、排队过海关时，我又看见了那个美国人。他失去了同我讲述过往时的奕奕神采，重又变得怯生生的，充满戒心。他在人群中漫无目的地向左右微笑，无论望见谁都露出他那善良的近乎讨好的笑容，他站在那里警惕地守护着自己的小推车，一副随时预备要飞奔到哪里去的样子。

走在路上的人常常显得更加真诚，可为何这样的真诚只奉献给遥远的异乡和陌生的人们，却对身边的亲人无能为力。我说不清这到底意味着真诚里的虚幻还是虚幻里的真诚。

可是，陌生人，遥远的人，请让我为你祝福。

- 3."你以为我是坏人吗？" -

这天下午，我去喀布尔的动物园逛了逛。简陋的动物园里动物寥寥无几，游人倒挺多。园中最强壮的动物当属狮子和熊，都是北京动物园赠送的。但最吸引我的却是两头粉红的小猪，它们住在一个开放的地洞里，四周围着好大一圈兴致勃勃的游人。在这个伊斯兰国家，猪也拥有了在动物园里安身的资格。

从动物园出来，我径直回了旅馆。在旅馆楼下碰见了纳维德，看样子他已等候了一阵。

"你休息啦？"我笑着打招呼。

"嗯。"他应了一声，似乎想说什么。

"有什么事吗？"

"请你付钱。"他踌躇了几秒，下定决心似的说。

"什么钱？"我心里一沉。

"这两天的医药费。"

"哦，对不起！你出了多少钱？我们付给你。"我赶紧道歉。昨天完全由他出面与医院交涉，除了我已垫付的，他大约还出了一些我不知道的费用。

"算上我朋友来这儿的注射费，一共十五美金。"

对史太郎来说，十五美金应该是可以接受的，毕竟纳维德帮了那么多忙，虽然我记得医院的所有账单相加也不到十五美金。我不想打搅正在睡觉的史太郎，就从自己钱包里取出十五美金给了纳维德。他接过钱，有点不好意思地解释说，这费用还包含他朋友注射用的针头、酒精、棉球。

"谢谢你，纳维德，我永远都记得你说的'你是我的姐妹'。"

他显得更加局促不安了。"还有一件事。"

"什么事？你说吧。"

"我的冠军证书丢了，或许落在出租车上了。我去找过，但找不到。"

我很不安，毕竟他是想带给我看才弄丢的。转念想到那张珍贵的全家福，我不禁惊呼："纳维德，你的照片也丢了吗？"

"照片没放在一起，只丢了冠军证书。"

我略感安慰，一时不知该说什么。而纳维德沉默着，似乎还有话想说。

我嗫嚅道："纳维德，需要我做些什么吗？我该怎样帮助你呢？"

他皱着眉头说:"我要去白沙瓦才能补办一张冠军证书,很麻烦。你们可以给我一点路费。"

"需要多少钱呢?"我看着他的眼睛。

"我也不知道,你看着办吧。"

"我要和朋友商量,你跟我上楼吧。"

打开门,史太郎已经醒了,在床上斜躺着,正透过钉着铁条的窗子朝外张望。其实外边也没啥可看的,窗子正对着对面建筑那条通往厕所的走廊。见我们进来,他在床上欠了欠身,笑着对纳维德说:"你好,非常感谢你的帮助。"

我直截了当地向史太郎说明了纳维德的来意。

史太郎想了想,说:"很遗憾你的证书丢了。我们能为你做什么呢?"

"你们可以给我往返巴基斯坦的路费。"

"嗯,多少钱?"

"四百美金。"纳维德的语气变得很坚定。

史太郎低头沉吟片刻,解释道:"我手头没有四百美金，我的银行卡要到巴基斯坦才能使用。但是非常感谢你的帮助，如果你愿意等，我回到日本后一定给你寄来四百美金。"

纳维德不同意，要求当场付钱。

"我现在最多只能给你一百美金。我必须留点钱在身边，不能把所有钱都给你，不然就没法离开你的国家了。"史太郎有气无力地说。

这是实情。史太郎跟我说过，他的银行卡不是信用卡，所以一路上都不能取钱，而他的现金只够他到巴基斯坦。虽然他很想跟我一起从土库曼斯坦转道伊朗，可在这些国家都不能使用他的银行卡，他必须先去巴基斯坦取钱才能继续旅行。

"好，那就一百美金。"纳维德没再犹豫。他不知道——如果他的目的真是要钱，史太郎既然答应要将四百美金寄给他，就不会食言。不过他不需要知道了。

纳维德从史太郎手里接过一百美金，站在那儿怔了怔，见我们都不说话，转身欲走。我原本坐在自己床边沉默地看着这一幕，此时便站起身来送纳维德下楼。

走到最末一级台阶，我站定了，向他点点头以示告别，转身上楼。

"赛玛。"他在我身后叫了一声。

我停住脚，转过身来。

"你以为我是坏人吗？"他有些不安。

我看了看他的眼睛。他的眼睛依然像初遇时那样透着股少年的单纯，而他关于"好人"和"坏人"的说法也像个少年那样充满稚气。我蓦地想到，他也生于七十年代——选择众多又别无选择的七十年代。

街道、清真寺、空手道训练场、医院、同事、全家福、冠军证书……刚才他是在借故勒索吗？可相处过程中他为何又那么明显地流露自己的感情？存心勒索的人是不会付出感情的。他是急需用钱才随便找了个借口吗？如果是这样，这借口会毁坏一切，包括他付出的感情。

钱不重要，只是我不明白。我低下头，不想再看他的眼睛。

"纳维德，无论如何都谢谢你。"我抬起头说。

　　　　✿　✿　✿

　　回到屋里，我和史太郎都没有说话。沉默和疲倦充
塞着暮色四起的房间。

　　我叹了口气，从钱包里取出五十美金递给史太郎。
"我应该付一半的钱，你收下吧。"

　　"不用了，也非常感谢你。我的身体差不多好了，再
过一天就去巴基斯坦。你按原定计划去巴米扬吧。"

　　"你还有多少钱，够到白沙瓦吗？"

　　"还剩大约五十美金。"

　　乘坐普通班车从喀布尔到白沙瓦，费用不到十美金，
他这些钱到白沙瓦是绰绰有余的。我的现金也挺紧张，
就没再坚持。我没提起自己垫付的医药费，毕竟纳维德
是我先认识的，我对史太郎终归有些抱歉。

　　回想整件事，我禁不住惆怅，问史太郎："你觉得他
说的是真的吗？"

　　史太郎躺在床上，闭上了眼睛。"我不知道，也不想
知道。"

史太郎的腹泻虽未完全停止，但高烧已退，他自觉逐渐恢复，有力气赶去白沙瓦，到时即使病情有什么反复也能得到更好的治疗。夜晚来临，我心头涌上一股莫名的烦躁。明天确实应该出发去巴米扬了。

半夜时分，骤然听到门外人声喧哗，接着是重重的敲门声。我和史太郎一跃而起，各自拧亮了手电筒，暗光中只看见对方神色惊疑不定。

"谁？"我用当地话问道。

"警察！"门外的人用英语答道。

我把门拉开一条缝，发现门口立着三个人。我打开门站到边上，他们一拥而入，屋子内外瞬间灯火通明——竟然来电了。这几个人都没穿警服，腰上别着枪套，露出乌黑的枪柄。其中一人手拿对讲机，里面传出刺刺啦啦的杂音。

"你们的护照。"一个人说。

史太郎马上找出自己的护照交给对方。

"你是谁？请先出示你的证件。"我对那人说。经过纳维德那一场，我也多疑起来。

这完全出乎他的意料，他盯着我看了半天，我坦然地看着他，没有对抗的意思。我暗暗想，若他真是警察，检查他人证件之前理应出示自己的证件；若他是假冒的，我好歹要做个明白鬼。

"好，给你看。你看得懂吗？"他收回盯着我的眼神，露出讽刺的笑容，边说边掏出一个小本子递给我。

我打开一瞧，全是阿拉伯文，不过上面贴着他的证件照，照片上盖着章，还算可信。我把证件还给他，老实地说："看不懂。"

"你的护照呢？"他捏着史太郎的护照摇了摇，问我。

"你是要当场检查，还是要把护照带回警察局？"我不放心地追问。

我不能让他们不明不白就把我的护照拿走，如果非要拿走护照，我宁可跟着去警察局。

"在这里检查。"

我掏出护照交给他。他一页一页地仔细查看，不时抬头看看我，对讲机里发出一阵询问，他也没理会。我和史太郎坐在各自的床头，等着事情发展或结束。

那人检查完毕，把护照分别递还给我和史太郎，还很有礼貌地说了声"谢谢"。最后他盯着我，把对讲机放到嘴边说了几句，便和同伴一起离开了。

屋里彻底地安静下来。

我起身去关门，看见阿里站在走廊里朝这边张望，眼里满是担忧。我冲他笑了笑，表示没事。

关上门，我和史太郎对望了一眼。在喀布尔，警察查夜也许是常事，尤其是在外国人入住的地方，但我们都不确定此事是否跟纳维德有关。于是我决定搭早班车离开，史太郎计划上午乘车前往白沙瓦。分别在即，我们都没心思继续睡觉，把行李收拾好后又聊了聊。

后来我从电子邮件里得知，当我停留在土库曼斯坦时，史太郎正好也在那儿。他在白沙瓦取了钱后没有直接回日本，而是继续他的旅程。不过他在土库曼斯坦收到母亲发来的邮件，说她计划从加拿大回日本休假，他便飞回日本和母亲相会去了。

虽然想象着萍水相逢的我们若能异地重聚该是种惊喜，可这次擦肩而过并未让我们有太多遗憾。往南走还是往北走，相遇还是错过，对旅人而言都再寻常不过，都仿佛是我们已熟视无睹的事。路途总是遥远的，总是在他方。

直到从巴米扬返回喀布尔之前，我才能静下心来回顾此前自己为何突然变得那么心烦气躁，急于离开喀布尔。结论是那时对纳维德这件事，我既弄不清楚也知道自己再没机会弄清楚了，更重要的是，它还涉及我对他人的判断和信任。

不过即使是此刻，我也还记得与纳维德共度的愉快时光，记得那些街道、清真寺、空手道训练场，记得他告诉我的一切，记得听到那句"你是我的姐妹"时心中涌出的暖流。我记得谈话中触动我的那一切，只不过由于一些难以确定的因素，那些时光已不再轻松，而是变得有些滞重了。

第三章

变　迁

我来到阿富汗，算是一个偶然。

只因当我在伊斯兰堡的伊朗大使馆的长椅上等待签证时，身边恰好坐着两个阿富汗人。又因等待的时间是那样漫长，我才有了充裕的时间跟他们交谈。

他们是叔侄俩。叔叔早在二十年前苏联侵略阿富汗时就作为难民逃到了英国，此后一直在那儿经商并已获得英国国籍，而今则试图将侄子从阿富汗辗转迁至伊朗，再从伊朗迁到英国去。其间的方法和过程，即怎样让那个侄子得到英国国籍，他们并不避讳地向我解释了两遍，我还是没弄懂。

叔侄俩都说得一口流利的英语，举止打扮也早已欧化。那位叔叔看上去六十多岁，穿着熨烫齐整的暗红色条纹衬衫和牛仔裤，满头精心梳理过的亮晶晶的白发，肚子蛮大，精神矍铄。他的英语虽带着浓重的阿富汗口音，说话时却像英国原住民那样眉飞色舞、口若悬河。他身上也按英式礼仪散发着香水味，那可能是高级香水，只不过在巴基斯坦暴辣的阳光下蒸发良久，味道难免有些怪异。他的侄子很年轻，二十七八岁的样子，坐在那儿垂着脑袋，一手托腮，有时附和下叔叔的话。

为了打发时间，我随口问了问阿富汗局势。出乎意料的是，他们立刻表现出对家乡的满腔热忱。

叔叔拍着胸脯打包票说："去阿富汗绝对没问题，我们刚从那里过来，那里已经很安全了。"

侄子犹豫了一下，望着叔叔迟疑地说："南部坎大哈那儿……好像不怎么安全？"

叔叔瞪了他一眼，挥舞着的手停住了，悄悄收了回去。

我暗自发笑，从书包里拿出《世界地图册》翻到阿富汗那一页，请他们在地图上指点一二。叔叔从衬衣口袋里取出老花镜戴上，对照着地图向我介绍了一番。三个小时慢慢过去，在那条长椅上，一个阿富汗缓缓从他们的话语和地图中跳脱出来，那些荒凉的山岳、空旷的草原、浩瀚的沙漠、静卧的小山村都变得具体而亲切，让我生起了向往。

我知道阿富汗绝非"很安全"，但它的边境已照常开放且人来人往。别人可以去，我当然也可以。我马上决定不再在伊朗使馆里苦苦等待，而是去阿富汗使馆碰碰运气。打定主意后，我心里很快乐。

我把地图册放进书包，站起身来对他们说："谢谢，真高兴碰见你们，我不去伊朗了，我要到你们的家乡去看看。"

他们惊讶地看着我，脸上挂着难以描述的笑容。无论外观有何种改变，人的心里总还是有一个不变的家乡，总还是欢迎别人去他的家乡看一看，即使他已经不在那儿生活了。

这就是我的阿富汗的偶然。我喜欢偶然。偶然是一个大门，虽然无法确定门后究竟是什么，我还是喜欢亲手打开大门的感觉。而且，事物变化与世界变迁的速度，早已令人难以轻易承认旅途和人生中各种规划或"深思熟虑"的可靠性了。

- 1.喀布尔书店 -

那天我起了个大早，在天空还蒙蒙亮时爬上了位于市区南部山丘上的喀布尔古长城，眺望远处正在苏醒的喀布尔。如同中国人一样，历史上的阿富汗人也希望通过建造一堵绵延不绝的城墙来抵挡外族的入侵。但相同的历史一再告诉人们，城墙修得再长再绵延，也不足以抵抗命运的袭击。

喀布尔的清晨，当一切刚刚苏醒，当空气还未被阳光穿透变得无比灼热时，它静静地、自然而然地展现着久远历史所赋予的沧桑面貌，会使人忘记战争带来的紧张与喧嚣。那些高高低低的小山坡，山坡上层层叠叠站立着的还未清醒的民舍和探头探脑的苹果树柿子树，空旷而弯曲的街道，远处平展的皇宫，清真寺的圆顶，唤礼塔上高挑的新月，以及那条自东北向西南斜斜穿城而过的喀布尔河，自有一种即使是炮火也难以改变的古朴，一种生生不息。

我在城墙下坐了好久，看着喀布尔在日光底下苏醒过来。这个倔强的城市位于喀布尔河谷之中、一千八百米的高原之上，被层出不穷的山梁和黄沙包围着。

风很大，将我的头巾吹得飘荡起来。干燥的风在城墙上刮着，给这个城市带来远方沙漠的消息。忽然有两架直升飞机从远处的军事基地起飞，撞入我的视野，它们停留在空中，宛如天幕上虎视眈眈的老鹰。

阳光变得猛烈，灼烧着我的额头。我离开这里，去寻找喀布尔的书店。

❦　❦　❦

正因为来阿富汗是个偶然，当我到达喀布尔时，手头只有半册中国地图出版社出的《世界地图册》（另外半册因全是文字介绍而被我撕掉了）里的半页地图可作为在阿富汗旅行的参考。

我的旅行大都这样松散而随机，我既不想提前设计好路线，也不会预先限定停留的时间，通常只是在钱包的制约下定一个大致的方向，就连这个方向也常常因为各种偶然而改变。因此我很喜欢在当地的书店停留，寻找自己所需的资料，还好我不缺少阅读的时间。

喀布尔只有一家比较大的书店，位于北部使馆区的南边拐角处，我向当地人打听，没费什么劲就找到了。店面不大，二三十平米的样子，看上去也很普通，可从年轻店主的骄傲口气听去，这似乎是全阿富汗最大、生意最好的书店。

店里只有我一个顾客，靠近门口的柜台后边坐着一个小伙子，我来不及注意他就一头扎进了书堆中。

首先要找的是详细的地图。书店在显眼位置摆放着印刷精美的喀布尔市地图，新近在欧洲印制的，嵌在玻璃框内作为样品，要价十五美金。随后我找到一本阿富汗在上世纪七十年代出版的英文旅游指南，附录里有一幅喀布尔市区的手绘地图，虽然很简陋——白底、用尺子画的黑线条——却详细而简洁，从中可隐约看出一个曾经繁荣的现代都市的大致情形。

地图上标记着这样的名字：鸡街、花街、地毯巴扎、铜器巴扎、动物园、艺术博物馆、民族博物馆、独立纪念碑、图书馆、体育馆、银行、旅行社、汽车站、飞机场……这些名字规划着一个城市的身影，这个城市在二十世纪七十年代曾经雄心勃勃地要走向现代化。与三十年前相比，今日的喀布尔是如此破败，不知后退了几十年。

这本书很厚，我可不想在今后的旅途中一直背着它，便在一张椅子上坐下来阅读，一坐就是两个小时。其间书店里先后进来三个人：一个老头儿，手里抱着个婴儿；一个年轻女子，没穿布卡，身着长裙，披着印度式的鲜艳头巾；一个法国人，驻喀布尔的记者，抱来一摞他们通讯社最新一期的刊物放在书店里寄卖。他们来转了一圈，和小伙子聊了几句就都走了。

书店里很幽静，阳光透过刷了各色油漆和标语的玻璃窗照进来，蓝的绿的洒得满地都是。大致读过一遍后，我拿着这本书问柜台后的小伙子是否可以将书里的地图拿去复印。"书太厚了，买了也没法带，但这幅地图对我很重要。"我解释道。

他爽快地答应了，还指点着复印的地方，就在街对面不远处。

折叠着的地图展开来颇大，复印店的人将地图分成四个部分来复印。四等分似乎不太好掌握，他们耐心细致地反复试验，简直不厌其烦，末了从十来张中选出大致满意的四张，用透明胶将它们粘贴拼合。

正要离开时，看到店门旁的楼梯边上用油漆刷着一个红色箭头——Internet。这里有网吧！我按捺不住好奇随着箭头走下楼梯，来到一间开阔的地下室，真的是一个网吧，七八台崭新的电脑主机连接着挺大的纯平显示器。不过没看到有人上网，只有两个少年在玩电脑游戏。

我回到书店时，小伙子已经不在那儿了，刚才来过的那个抱婴儿的老头儿坐在柜台里边，戴着一顶土耳其式的黑色高筒毡帽。我把借出的地图放回书中，将书放回架上，又拿下几本关于阿富汗的书读起来。看了半天，伸个懒腰，看见那个咿咿呀呀的小孩儿两个黑豆似的亮眼睛非常可爱，就过去逗一逗。

小孩儿正流着哈喇子紧捏着我的手指头摩挲呢，小伙子推门进来，老人起身抱着婴儿离开了。

"那是你的孩子吧？"我开玩笑地说。

"不是，他是我最小的弟弟。"

"哦！"我有点惊诧，"那，那个人是……"

"是我父亲。"

"你父亲身体真好，"我笑着说，"他有七十岁了吧。"

"七十四了。"他的神色有点漠然。

我并不想挑起这个听上去有点敏感的话题，退回椅子上继续读书。

"我弟弟是我父亲的第三个妻子生的，我是他的第一个妻子生的。"小伙子却继续对我说。

我抬起头来看着他。

"我们阿富汗有两种传统，你知道吗？"他走到书架边上，动手整理架子上的书，"一种是伊斯兰的，一种是阿富汗的、前伊斯兰的。伊斯兰允许男人娶四个妻子，这是愚昧的；我们的前伊斯兰传统只允许娶一个妻子，但对恋爱和婚姻是自由的态度。"

"那你自己赞成哪种传统？"

"当然是伊斯兰之前我们民族自己的传统。"

接下来他大谈特谈本地传统如何符合人性和人道。他二十七八岁，身形高大，肤色浅黑，气宇轩昂，看上去是普什图族人。一问正是。

但是，对他所说的阿富汗的"前伊斯兰传统"，我并不掩饰自己的怀疑。

由于其所处的地理位置，阿富汗自古便是欧洲、中东与印度、远东进行贸易往来的要冲，顺带也成了东西方文化艺术交流的场所。马其顿国王亚历山大、印度的阿育王、大月氏人、阿拉伯人、蒙古人和波斯人都曾先后攻占过阿富汗地区，此地文化亦经历了几次变迁——从公元前四世纪的希腊文化到公元前三世纪的佛教文化，再到从公元七世纪起持续至今的伊斯兰教文化。在文化的融合与变迁中，到底哪一种才算是"前伊斯兰文化"呢？暂且不论他所说的"阿富汗民族传统"是否特指普什图族的传统——全阿富汗有三十多个民族，各民族的"前伊斯兰传统"显然并不统一，既然早在公元635年时伊斯兰教就已由阿拉伯人传入了阿富汗，迄今已有一千三百多年历史，那在此前提下去谈论"前伊斯兰传统"，终究还是让人有些疑惑的。

他这番话很像是接受了西方现代教育的人回看自身时进行选择的结果，不见得有多准确，但我感兴趣的是，他是从何时又是因何开启了对传统的批判和选择，这种批判和选择与当前阿富汗的局势又有什么关系。于是我听到了他对阿富汗未来的乐观看法——用"前伊斯兰传统"去纠正宗教激进主义的弊端，他认为这会在承认某种传统的基础上，促使阿富汗民族和国家向西方的民主和自由靠拢，最终实现阿富汗的繁荣与富强。即便听来非常遥远，可当身后战争的硝烟还未完全散尽，能这样理性地想想也是令人欣慰的。

这样的谈话比纯粹阅读书本有趣得多。我们在地毯上坐了下来，边喝茶边聊天。

我心血来潮地想到一个问题。"你跟你父亲的其他妻子怎么相处？我的意思是，她们都还很年轻吧。"我笑着补充，"你知道，在一个大家庭里，年轻的妻子和年轻的儿子之间有时会发生一些故事。"

他把手里的书放到书架上，脸上露出不屑的表情。"你放心，不会有什么故事的，没意思。"

"你们的年纪相差多少？"

"他的第三个妻子就是刚才来的那个女人，你看见了吧？"

刚才确实有个年轻的时髦女子进来店里。"看到了，但我没注意她的模样。"

"她和我一样大，可我同她们没法谈话，不可能交谈——没什么可说的。这是处在伊斯兰教传统里的苦恼。"

"假使你娶了妻子，会尝试和她沟通吗？"

"是的，这是我希望的婚姻，找不到我就不结婚。"

他不无自豪地告诉我，这家书店在阿富汗非常有名，主要从事书籍的进出口。书店是他父亲的，在阿富汗各地共有三家分店，他有五个兄弟，每人负责一个方面的事务。

他又说起在书店里遇到的各色人等。

"不能相信澳大利亚人。"有一个来这儿旅游的澳大利亚人，在书店里和他谈得很愉快。那人答应回国后给他寄一套澳大利亚钱币（他喜欢收藏各国钱币），他便付了对方一笔钱作为购买和邮寄的费用。一年多过去了，他还没收到澳大利亚钱币。"那个骗子！"他咬牙切齿地说。

我听了哈哈大笑，天真的人是全世界都有的呀。我一边笑一边告诉他："事情虽然是这样，但你不能因此就确定所有的澳大利亚人都是骗子呀。"

他对我的话不置可否，继续严肃地告诫我："不能相信印度人，他们老是嘴上说一套，背后做一套，都是天生的骗子。"他说起之前去印度做生意两度被骗得赤条条差点回不来的经历。

我同情地点点头。长途旅行者间常口耳相传一些耸人听闻的故事，有时便发生在印度，比如阿格拉某旅馆老板与医生合谋在本店单身客人的食物中下慢性毒药以骗取客人的医疗保险金却不慎致人死亡；小商店老板热情地给偶尔进店的客人奉上一杯放了蒙汗药的香茶，然后趁对方人事不省将其劫掠一空并抛至荒郊野外，等等。

然而故事总是故事。以我自己在印度的经历来讲，在印度北部的确要留些心眼，而印度南部那些在耀眼阳光下耕作的黑皮肤的达罗毗荼人却是如此热情明朗。我忍不住告诉他，在印度既能发现最恶劣的东西，也能发现最美好的东西。

"我不知道，我只去过德里，在那儿我被骗得分文不剩。有两天时间我只能饿着肚子坐在贾玛清真寺的广场上发呆，直到我的一个兄弟去德里接我，我才能回来。不管南部怎么样，我都不想再去印度那个鬼地方了。"

"但你想想，无论如何，印度会让你变得聪明——他们总有办法强迫你变聪明。"

他脸色一变。"反正我是不会再去的。我不想再见到任何印度人，也不会再跟他们做任何生意，我家里所有人也都不会。"

关于印度，我没有办法安慰他。我想了想，笑着说："你们离巴基斯坦这么近，你去过吗？我觉得巴基斯坦人非常好。"

"对！"他快速接口道，"巴基斯坦人非常诚实，他们不会骗我一个铜板！你们中国人也很好，现今喀布尔到处都是中国货，我敢说中国将来会成为一个世界超级大国！"

在这样简单武断的漫画式概括中，我和小伙子达成了某种共识。

我们对人的判断可靠吗？往往一件小事就足以影响我们并在我们的头脑里形成一个难以更改的印象或判断。这样的判断有时很可怕。

这个世界上的人，路上的人，我们在陌生人群里碰见的陌生人。

我不止一次地听人说："我不喜欢以色列人。"说这话的大都是欧洲人，即使排除政治上的原因，他们也觉得以色列人粗鲁、逞强斗勇、没有礼貌，不符合欧洲人的习惯。

我在路上见到的以色列人大都穿得像个吉卜赛人，奇形怪状的破衣烂衫，奇形怪状的头发，粗犷、自由、任性。他们背着锅，带着乐器，自己做饭，走起路来一蹦一跳，高声说笑嬉闹。当他们和自己人聚在一起时会抽大麻，可抽得很俭省，不会动不动就昏天黑地。他们不像欧洲人那样喜欢洗澡，身上不时发出一些味道。他们喜欢笑，一笑就露出一口白牙。

他们说自己厌恶战争，说那是上帝和政府的事他们管不了，他们总在想法子逃避那该死的兵役。他们在印度尼泊尔泰国越南买各种假宝石——红宝石、蓝宝石、绿松石、石榴石——倒卖到欧洲。他们一路走一路寻找机会做生意好攒足接下去的路费，因此可以理解有时他们会小偷小摸或者看准机会不交房费拔脚就溜。

很多旅馆老板会说："我不喜欢以色列人。"可以理解。

我看见他们赤身裸体跳进湖里兴奋得就如三岁孩子，我看见他们刚抽完鸦片就去踢足球，甩着编织得奇形怪状的长发和十几岁的孩子较真，嘴里不停唠叨着谁也听不清的话。他们上蹿下跳蹦来蹦去，他们的行囊里经常只有三两件换洗衣服却有好几件乐器随时准备在住所来一场狂欢。他们也常随身带着发剪，有一次一个以色列姑娘用她的发剪帮我剪了个短发还用随身带的染发剂把它们染成了红色，她站在我背后骄傲地竖起发剪和我一起得意地照镜子，为了那奇怪的颜色我们都哈哈大笑。

我在路上遇见的这些以色列人明明是些大孩子——他们既天真又狡猾，精力充沛，不顾一切；他们既沉重又轻松，这轻松却是那样地草率、粗陋和急迫。他们并非没有历史，他们的历史是人类最漫长最沉重的历史之一；作为犹太人，也许他们只是习惯了与他人相隔绝的命运。

- 2.中国餐馆 -

阳光转了个向。在店里坐着，手里捧着本书，在稳妥的阳光里照着，光影在脚下挪动，令我恍惚觉得自己正坐在家中阳台的摇椅上看书。这虽然亲切，却也让我感觉离喀布尔有些遥远。我从椅子上起身，把书放回书架。

"我该去吃午饭了。"我背上书包走到柜台前，同小伙子打了声招呼，想要离开。

"你尝过喀布尔的比萨吗？"他忽然问道。

"比萨？这里也有比萨！"

"是啊，你不知道吧，你一定要尝尝这里的比萨。"他很自信地说，"以我的经验，喀布尔的比萨非常好，非常值得一尝。"

"好啊，在哪里能找到？"

他从桌子上拿起电话——诺基亚的新款手机，被一根细绳子拴着放在桌上当座机来使。电话通了，他说了几句后问我：

"羊肉的牛肉的蔬菜的蘑菇的，你要什么口味？"

"那就来个蘑菇的吧。"老实说我还惊讶得合不拢嘴。

"厚的还是薄的？"

"薄的。"

"喝点什么呢？"

"有茶吗？"

"没有。"

"嗯，那就七喜吧。"

"等等……喝可乐行吗？他们说没有七喜了。"

"没问题。"

我太惊奇了。不过这只说明我对喀布尔的认知是多么不足：为什么喀布尔不能有网吧，不能有移动电话，不能有比萨外卖？犹如其他地方一样，喀布尔也在变化中。战争已经停歇，如果阿富汗能幸运地保持和平，变化会接二连三地发生，其间自然也会鱼龙混杂。

半个小时后，一个小伙子骑着自行车将外卖送来了。塑料袋里是两只叠在一起的方方正正的外卖专用盒和两听可乐。一口咬下去，可谓惊艳。比萨上的浇料倒也罢了，那张薄饼却是香脆坚韧兼而有之，嚼来满口生香。看来以中亚地区做馕的数千年传统来做比萨自有其出色之处。

小伙子得意地看着我，听着我的由衷赞叹。"你们的中国菜也很好吃啊，我很喜欢。喀布尔也有中国餐馆，你知道吗？"

喀布尔的中国餐馆？是的，我知道。我在巴基斯坦时就听说了喀布尔的中国餐馆。

为了办理前往巴阿边境的通行证，我在白沙瓦忙乎了两天。那天我来到边境事务管理局的办公大楼，找到了办证的主任。巴基斯坦人热情好客，政府工作人员也不例外。本来我得自己楼上楼下地跑好几个办公室填数张表盖数个章，但热情的主任派了一个手下替我去做这些杂事，而让我"少安毋躁"，在一旁静坐喝茶。

"请坐请坐。""不忙，再等五分钟就好了。""来，再端一杯茶。"他按铃叫人。

我坐在他的办公桌前一杯接一杯地喝茶。他一边飞快地处理手头的各种文件，一边跟我谈起许多年前他的中国之行，以及他在那里受到的热情接待。他带着怀旧的情感向我表达他对中国和中国人的无限好感。

其间有几个工作人员拿着文件进来请主任签字，他指着我惊喜地对他们说："瞧，一个中国姑娘！"

手续总算齐备了，主任大笔一挥签上大名。可他捏着我的通行证，继续请我喝茶，东拉西扯地又谈了一阵——你父亲好吗？母亲呢？他们是做什么工作的？噢，你的名字很好听。

之后主任拉开抽屉拿出几张照片，笑眯眯地对我说："这是王小姐，她是中国人，你认识她吗？"

当然不认识。看照片大约是在一个餐馆里，一个穿着大红旗袍的浓妆女子满脸笑容地和主任坐在桌边合影。

"王小姐很能干，她在喀布尔开了一家中国餐馆。我上次去喀布尔时就是在她的餐馆里吃的饭，味道很好，中国菜非常好吃。"

我仔细地看照片，餐馆四周墙上挂着红灯笼，餐桌上摆着鱼虾，还有螃蟹。

"王小姐长得可真漂亮，尤其是她的手，指甲那么长，我从来没见过那么漂亮的指甲！"说着他从抽屉里拿出一堆名片，戴上老花镜翻找了半天，抽出一张放在我面前。"喏，这就是王小姐的名片，这是她的名字。"他认真地指着名片告诉我。"你到了喀布尔就可以去找王小姐，她看到你一定会很高兴，你们都是来自中国的姑娘嘛。你有什么困难也可以去找她，就说是我让你来找她的，她一定会帮你的。"说完，主任脸上又是满意又是得意，似乎已经帮了我一个大忙。

"好。"我应承道。

"等一等，见了王小姐，你该怎么说？"他一本正经地问道。

"嗯？"我毫无头绪。

"你就这样说，'某某人向你致敬！'"头发花白的主任将手唰地举到眉沿，做出军人敬礼的样子，又眉开眼笑地把手放下来。"拜托你了，请代我向王小姐问好。你也可以在异国结识一个同胞，互相有个照应嘛。"

我就是这样知道了这家中国餐馆，还莫名其妙地身负他人之托。

所以书店的小伙子问我是否知道中国餐馆时，我想起了主任之托，问道："中国餐馆在哪里？"

"不远，问谁都知道。"

"哦，这么有名吗？"

"坦白跟你说，中国餐馆出名是缘于别的。"他直视着我说。

我如梦初醒，这才明白了为什么好几次当地人问我从哪里来而我答说从中国来时，他们脸上会现出让人大惑不解的暧昧表情；明白了为什么当我走在大街上时会有数个小男孩儿追在后面兴奋地喊"中国姑娘！中国姑娘！"，而当我停脚转身他们却又一哄而散；明白了为什么有人会吞吞吐吐含含糊糊地告诫我，为了避免不必要的麻烦，在喀布尔最好不要跟人说自己是中国人。

我早有这样模糊的预感，此刻无话可说。

"你经常去中国餐馆吃饭吗？"

"当然！我和朋友们都很喜欢中国菜，经常去吃。"

原来喀布尔的中国餐馆不止一家，竟有五六家之多，我不知道主任叮嘱我去拜访的究竟是哪一家。战后的阿富汗是个潜在的大市场，一些中国商人看到了商机，转眼间来自中国的廉价小商品和中国餐馆就在喀布尔扎下了根。

"你们的生活习惯这么轻易就改变了吗？不再喜欢吃馕和烤肉了？"

他笑了。"还是要吃馕吃烤肉的，但总会改变。你想想，我们已经有多少年没什么改变了。"

"那一定很困难吧？"

"那是自然，不过总会习惯的。比如说，我和两个好朋友在喀布尔郊区的高级住宅区合伙买了一套公寓，那个住宅区在山上，远远就可以看到。屋子里什么都有，现代化设施一应俱全：空调、冰箱、彩电、DVD。我们常在那里过周末，还有姑娘们。那是非常好、非常现代化的公寓，我还有车，姑娘们很喜欢我。"

跟前这个小伙子，说起这一切时眼睛里闪耀着骄傲，好似在为自己能过上不同于普通喀布尔人的"现代生活"而自豪。想到他此前说的"前伊斯兰传统"，我心里忍不住发笑。

我又联想起七十年代末中国刚刚开放时的情形，那种喧哗与兴奋。

"你跟那些姑娘们很熟吗？"

"不，我只跟其中两个姑娘是好朋友。"

"'好朋友'是什么意思？你们在一起……说些什么呢？"

"没什么可说的，也不可能说什么。她们都是外国人，都不会说我们的话，也不会说英语，只会几个单词和数字，'你好''再见''我喜欢你''你很可爱''五十一百一千'。"他讥讽地学了几句姑娘们说的英语，"不过她们真的很傻，竟然穿着紧身裙和高跟鞋去巴扎买菜，听说现场有上百人围观她们！"他边说边笑起来。

"我们的公寓就在喀布尔南城的别墅区，电视塔所在的那个山上，你想去看看吗？"

"不，谢谢，我明天就走了。"

我不想再问下去了。他让我触及他的隐私，大约因为我是个无害的陌生人，这样的谈话不会对他的生活产生任何影响，但我们之间原本和缓的空气却变得紧张和暧昧起来。我顿觉意兴索然，拒绝了他的晚餐邀请，买下两本早已挑好的小书离开了书店。

我来到街边的一家小餐厅吃晚饭。还没到吃饭时间，餐厅里空荡荡的没几个人，放着嘈杂的音乐。我独自坐在靠近门口的桌子旁。

一个包着头巾的当地男子坐在附近，他很感兴趣地看了我一眼，又看一眼，站起来凑到桌边问："你从哪里来？"

我生起戒备心，犹豫了几秒，答道："日本。"说完我立马痛恨起自己的怯懦，改口道："对不起，说错了，是中国。"

"哦，你从中国来。你知道这里的中国餐馆吗？里面有个姑娘叫莉莎，你认识她吗？她长得可真漂亮啊！"

在喀布尔时我没去拜访任何一家中国餐馆，也没完成主任所托之事。当我写到这里时，却仿佛真的看到了照片上那家中国餐馆的模样，看到了它的红色中文招牌、里面挂着的红灯笼和摆在桌上的昂贵菜肴。

对于很多生活简单的阿富汗人来说，这些价格昂贵的餐馆完全是另一个世界，一个奇怪的隐秘的世界，那里甚至还有螃蟹、龙虾之类的海鲜。对于身处内陆深处、裸山纵横、没有出海口的阿富汗来说，"海鲜"是个多么奇异而昂贵的名词。可是，这样的名词和其他一些东西，当然也会陆陆续续地出现在阿富汗。

可以想象，如果阿富汗继续高筑封闭的长城，战争和灾难将难以停息；若它被迫开放，现代化与全球化将会一拥而入，战争和灾难或许会减少乃至得到化解，但在各种冲击下，其传统会不可避免地退化和衰弱，变得岌岌可危。哪个问题更紧要，是传统文化面临的危机，还是阿富汗的社会危机、阿富汗人的生存危机？阿富汗人如何才能在现代社会中立足和生存，如何才能向世界发出自己的声音？深陷于传统与现代的盘根错节、开放与封闭的相互矛盾中，对这些问题的解释以及抉择显然都困难重重。

第四章

巴米扬，我们的记忆

让我们在时间中，在已经逝去或尚未逝去的时间中摊开地图。

我的目光喜欢停留于地图之上。那些地点，那些山脉、河流、平原、湖泊还有汪洋大海，它们一点一滴地构成了一幅画面。正是在那些平面的、单线条的标记和色块中，我们寄托了对时间与空间的想象。对于微薄的个人来说，这寄托是如此伟大，让我们对庞大时空的复杂情感与记忆得以依附在薄薄一纸之上。

但当我回过头，所有那些关于点的记忆却已那样重重叠叠，所有那些所谓的风景已变得如此漫渺而不可深究，我能够记住的只是一些人、一些片段，只是某一时、某一处。

那些令人感动、让人震撼、引发欢乐与苦楚的，也许是苦寒山崖中那一整面寸草不生的赤红绝壁，也许是滔天大河那出人意料的孱弱细微的源头，也许是孤独的村庄上空那渺渺的炊烟，也许是晨雾里在山坡上向我挥手作别的小姑娘的红色头巾，也许是寒冷清晨里一个农夫自如的歌声，甚至也许只是小毛驴那隐忍温柔的大眼睛。

你们，我们，他们。那些源于大地、终将回归大地的事物是否只是偶然从天幕上匆匆划过、偶然交会于人类想象的时空轨迹？

巴米扬，地图上的一个小点，我们的一种记忆。

- 1. 小镇 -

下车时已近黄昏。背着包沿着山脚拐一个弯，就看到了曾经矗立着巴米扬大佛的那面山崖。窟窿巨大，空空如也，包裹着一片静默的昏暗。

我将背包放在脚边，双手驻腰，在山崖下默然凝望了许久。又回头看看在山崖下河谷边平展延伸的村子，几排高高的白杨树掩映着土黄的民舍和一弯高挑的银白新月，尾巴摇曳的牛群和骑在驴背上的牧牛少年正向村里走去。

眼看着西边的红霞沉坠，天色逐渐昏暗下来，我也就背上包，沿着细细的田埂穿过马铃薯地，穿过收割后的田野，穿过水草丰茂的池塘，穿过在村头树下聚集的村人，走进了巴米扬镇。

这个镇的历史并不长，三两年而已。刚才在山崖下看到的那片断壁残垣正是巴米扬镇旧址，随着两年前巴米扬大佛粉身碎骨，那里也一起成为让人难以辨识的废墟。

新修建的巴米扬镇上只有一条不长的黄泥街，前后不过四五百米，车子一过便尘土飞扬，可以想见雨季时这里会是怎生个泥泞模样。沿着狭窄的街道，两旁密密麻麻排列着用长条木板钉成的简陋屋子和黄色土坯房，大都是各色小杂货店。

简陋和破败，是战争给这个小镇留下的烙印。

我从镇上走过，大概是出于无聊，那些在街上蹲着或在小店门口坐着的人用长长的目光尾随着我。那些目光并不总是友善的，时常带着戒心与嘲讽。但哪能要求人们总是对人友善，尤其是当他们的生活和自尊已被战争摧毁得差不多的时候。

小镇上只有两家旅馆，一家在镇子中间，另一家在镇尾的大槐树底下。镇尾那家旅馆的老板和他的家人以及旅馆伙计都是哈扎拉族，他们都长着一张哈扎拉人特有的源自蒙古人的面孔。我费了许多口舌，老板才迟疑地同意我以每晚三美金的价格住在屋顶会议室的地板上。和我一见面就很投缘的小伙计在一旁急不可待地搓着双手，好似生怕谈价失败我便不会在此住下。老板和我刚商定下来，他便快乐地捎上我的大包飞奔上楼。

这间大屋占据了整个楼层，四五十平米的样子，靠墙孤零零地放着一张会议桌和数把椅子，一扇木门通往屋顶平台。打开门走上平台，迎面而来的是广阔的田野，远处弯弯曲曲的小溪在暮色里微微发亮。林中的巴米扬村，炊烟袅袅升至空中，又随风飘散。

一转眼小伙计已将一块垫子和毯子扛上楼来。

"还需要什么吗？"小伙计帮我在角落里铺上垫子，站在一旁用蹩脚的英语问。

"不用了。"我用阿富汗通行的达里语回答他。

他的眼睛一亮。"你会说我们的话！"他高兴得掩饰不住嘴角的笑容，那敦实的脸庞被太阳晒得又黑又红，看上去真像个中国农村孩子。

"'你好再见谢谢不用了在哪里吃饭'，我只会说这些，哈哈！"我将自己会说的达里语飞快地唱了一遍，我们都笑起来。

小伙计下楼了，临走时细心地帮我将门掩上。我在垫子上坐下来，打量这个空旷的大房间。在汽车上颠簸了八九个小时，疲累使我很想直接躺倒睡觉，真的躺下来时脑子里却清清明明，睡意全无。透过窗子我看到一片暗蓝的寥廓天空，净无一尘。

没有人来打扰，我安安静静地躺了许久，眼看着窗外的天色变黑，星星开始明灭闪烁。

如果我躺下了，如果我仰望着天空，这里和那里、此地和彼地就仿佛没有了分别。

呆望半天，方才觉出体力不支，我知道自己急需补充热量。旅馆一楼兼营着小餐厅，我暗暗对自己鼓励再三，好歹勉强起身，摇摇晃晃地走下楼去。

停电了，餐厅里点着蜡烛，有五六张桌子，仅我一人。我坐在长条木凳上等待晚餐时，门口传来刹车声和车门开关声。在由远及近的喧哗里走进来五个人，原本过于安静的小餐厅瞬间被声响充塞。

从装束来看，他们大约是来巴米扬公干的外国人。听口音有两人像是从澳大利亚来的，另外三人肤色黝黑，貌似印度人。他们将两张桌子拼在一起，围着桌子落座后便拿出两个大塑料袋，从中取出七八个锡纸覆盖的大饭盒，吩咐旅馆的小伙计——他也在餐厅帮忙——热好了再送上来。那三个人果然来自印度，他们邀请两个澳大利亚人共进晚餐。

他们的食物端上来时，改盛在大盘子里。我探头一看，不禁暗暗称羡：盘子里红绿喷香，正是印度南部的素食，也是我在印度时最爱吃的东西。由于印度教的关系，很多印度人是素食者，尤其是皮肤黝黑的南方人。印度的素食发展了上千年，早已成为印度菜肴中的上品。

我对食物本不算挑剔，但此番在阿富汗，它那一成不变的食物早已令我食欲消退。在这个严格遵守伊斯兰教义的国家，食物被简单视为填饱肚子的东西，大饼、烤肉、煮豆子等有限的几种食物哺育了一代又一代的阿富汗人。

大概我在一旁探头探脑、垂涎欲滴的馋相过于显露，他们发觉后便热情地邀我共进晚餐。这可正中下怀，我马上推开面前的馕，端着盘子转移到他们的桌边。我一边吃一边听他们高谈阔论，谈的主要是世界局势。

这个小餐厅平素清冷，顾客大都是在此地工作的外国人。小小的巴米扬不仅有联合国新盖的一栋圈着高墙的白色大楼，有美军驻地——美军驻地总是一个接一个不停地扩展，还有一些外国机构的办公楼。这些办公楼远离小镇，彼此也相隔很远，一个个孤独地耸立在原就荒凉的小山坡上。

他们的谈话内容从布什、本·拉登、卡尔扎伊、地雷、炸弹渐渐变成了"愚蠢的阿富汗人"和"如何入乡随俗"，我也就丧失了兴趣，不久即称谢告辞，打算出门去走走。

正要把门拉开，老板在身后叫住了我。

"你要去哪儿？"

"出去散步。"

"散步？"他一愣，仿佛这个词新鲜得很，但他没多解释。"我陪你去吧，快接近宵禁时间了，你一个人上街很危险。"说着他从厨房里提来一盏马灯。

没想到街上那么黑。没有路灯，两边的杂货铺都已关上大门，里面的人可能早就回村里去了，临街紧闭的窗子里偶尔透出一丝微弱的灯光。老板提着灯慢慢地陪着我走，我们说了几句话，可话音甫一出口就好似散漫开来被四周无边的黑暗吸收了去。我没再多说什么，只听他说当地军队规定夜晚上街必须提灯照亮自己，不然会被当作恐怖分子而遭射击。不远处的黑暗里果然传来枪支碰撞的声音，叫人悚然心惊。

我才明白在这种情势下，散步的念头是那样不合时宜和可笑，没走多远就转身回了旅馆。在餐厅和老板聊了一会儿，我便上了楼，不久即盖上毯子和衣躺下，迷迷糊糊地睡了过去。

⁂ ⁂ ⁂

不知过了多久，在睡梦中隐约听到虚掩着的门被推开——会议室的门没装锁，有人走了进来。我顿时惊醒，噌地坐起身来。

"是谁？"我大声喝问。

对方显然比我还吃惊，他慌忙答了句什么，边说边提起灯照着自己的脸。原来是住在楼下的日本人。他说旅馆没电，就想着到屋顶平台上看星星，并不知道今晚这屋里有人住。听他这么说，我便找出火柴把身边的蜡烛点亮。傍晚入住时听老板说过，楼下住着四个日本人，他们受联合国教科文组织的派遣来为巴米扬绘制地图。

这个日本人胖乎乎的，穿着一件褐色的阿富汗长袍，腰上斜系着一个腰包。我们就着灯光相互打量，想起刚才的情形都笑了起来。

"对不起，打扰了。"

"不要紧，既然时间还早，就去看星星吧。"

我将毯子披在身上，推开门，和他一起走到平台上。平台上摆着一张塑料桌和好几把椅子，旁边散落着三五个可乐罐。冷风一吹，我霎时清醒了。我们在椅子上坐了下来。他叫昌弘，亲切而随和，我们很快就成了朋友。

"你对阿富汗是什么感觉？"昌弘问我。

我想了想，觉得很难回答。

"我对阿富汗的感觉在另一个国家时也产生过，那是在柬埔寨……"我尝试着。

"那时我坐在窗户密闭、空调宜人的旅游中巴上，车子疾驰过遗留着弹坑的简陋道路，身后扬起遮天蔽日的尘土。那是一片红色的土地，厚厚的红色尘土挂在道路两旁的棕榈树、芭蕉叶上，挂在破败的茅草屋顶上，看上去就像一层坚固的红色铁锈。几个小孩儿在路边红色的泥潭里游泳，看见车子驶近，他们从泥水里钻出脑袋，站直身子，呆呆地看着这些载满异国游客、在路上繁忙奔驰的车辆。

"我看到他们，蓦地心痛难忍，又对自己的游客身份十分羞惭。我靠在车窗上难过地问自己能为这个国家做点什么，可我什么也做不了。在阿富汗也是如此。你正在为阿富汗做点什么，不像我，只是一个游客。我常为这种游客的身份感到为难，感到羞惭。"

在这个陌生的地方，回忆的闸门竟然打开了。

"这样的感觉在印度也有。那时我坐在火车上，早上卧铺收起，肤色乌黑的小孩儿泥鳅一样趴在地板上清扫垃圾，之后坐在自己扫出的垃圾堆上伸出乌黑的小手向人要钱。他们是'贱民'的孩子，他们的孩子也将是'贱民'。看着他们的小脸，我不禁想若是自己出生在印度，可能也会像他们那样在别人脚底爬来爬去地擦洗地板。"

一时间我仿佛看见了曾遇到过的那一个个人。我们沉默下来，只听见远处的风儿在林子间招徕风声。

"对不起，说起这样沉重的话题。"我低声说。

我从未与人谈及这样的话题，谈及我们那天真而脆弱的良心，我们甚至无法与人谈论这样的事。等到真的说起来时，虽然感到千言万语直涌了上来，却又难以说出，只觉自己被什么东西噎住了似的。

"你很善良。"昌弘端详着我。

"善良？可光是善良又有什么用？我无法帮助他们，善良只能让我感到自己的无能和渺小。有时候，善良就像一种高高在上的廉价的同情，我和别人一样厌恶廉价的同情和善良。"我有些激动，悲伤也突如其来。

昌弘转而说起自己的经历。他在大学里学的是地理，毕业后去了斐济，在斐济的博物馆里待了四年。

"当时在那个岛上，在博物馆的小房间里，时间似乎过得很缓慢，可是离开后才发觉其实一切都很短暂。我不知道自己后来会那么思念斐济，思念那些小岛，还有岛上的人。我也不知道斐济早已不知不觉地进入了我的生活。"

离开斐济后，昌弘回到日本，进入现在这个制图公司。

"我们公司接受了联合国的委派，请员工报名参加这项工作，我便报名来了，很简单。我只想看看阿富汗，看看这里的人，我也看到了。但我未必真能帮助他们，我能做的只是我的工作。我想只有他们自己才能帮助自己。"

这听上去很合理，甚至太合理了，反而令我不知是否应该表示赞同。虽然我也只能是"看看"，但我意识到，我们这些陌生人，如果只是凭借着善良和真诚来应对这个世界的残酷真实，那我们的善与真就只会显得那样奢侈和幼稚，那样软弱无力和不堪一击。

善良有用吗？我们如何才能在内心的善良和外界的残酷间保持平衡，而不让善良变得软弱或者变成虚伪？我们又该如何保持真诚，而不让真诚沦为夸饰，一触碰现实就即刻碎裂或演变成自欺欺人？

我想这样问，却终究没有开口。我是在问自己，也只能是问自己。

我想起许多往事，想起许多在路途上和生活中必须直面的东西。这些问题也许根本没有答案，它们潜藏在生活的底层而非表层，没人会强迫我们沉入水底去寻找，除了我们自己。我们只需停留在表层就可以很好地活着。

我们的生活，真诚的、善良的、脆弱的生活。

我们陷入久久的无言。

抬头望去，茫茫浩浩的黑色天幕上，一枚弯弯的暗金色月牙分外清明，牙尖镶嵌着晶莹璀璨的孤星一点。

我们在这里，我们在地球上。那月亮既遥远又亲近，犹如宇宙中的一扇小窗，透射着宁静与温暖、光辉与希望。

在那一刹那，世界和宇宙的距离在人的仰望和情感中仿佛得以缩短，彼此的联系显得如此真切，如此美好，如此不可思议。

我欣喜地指着月亮，对昌弘说："你看！你看！"

- 2.一种纪念 -

阿富汗境内自东北向西南逶迤横贯着兴都库什山脉，作为山脉间的重要隘口，巴米扬地区便成为古代丝绸之路上驼铃阵阵的商队南下北上的必经之地。如今，"巴米扬"既是阿富汗一个省的名字，也是该省省会的名字，同时又代表着巴米扬河谷。

公元前三世纪，印度孔雀王朝的阿育王在征服了现今阿富汗所在地以后，自然将佛教一并传入。屈指算来，直到公元七世纪伊斯兰教进入阿富汗时，佛教已在阿富汗地区发展了近千年。而巴米扬大佛就是在其佛教鼎盛时期于公元六至七世纪傍山雕凿而成，曾是世界上最高的立式佛像。

在佛教发展的初始阶段，僧侣们过着居无定所、四处游方的生活。后来他们开始在人迹罕至的地方傍山凿窟，定居隐修，渐渐形成了佛教石窟的两大基本类型：毗柯罗窟（居处及禅室）和支提窟（供奉佛像、举行佛事活动的场所）。这两种石窟的形态建制先是从印度向北，经犍陀罗国（今巴基斯坦西北部白沙瓦一带），越葱岭（今帕米尔高原），又折而向东，经塔里木盆地，穿河西走廊，最后传入了中国内陆，在敦煌、麦积山、大同、洛阳等地都留下了宏美的石窟。以信仰为纽带，人类在时空的旅行中留下了这些难以磨灭的痕迹，使我们的视线得以延伸，触及遥远。

位于丝绸之路上的巴米扬石窟融合了上述两种石窟类型。公元前四世纪，马其顿国王亚历山大入侵并征服了波斯、埃及、小亚细亚、两河流域等地，阿富汗遂成为深受希腊文化影响的地区之一。大佛的雕刻自然带着希腊化的犍陀罗艺术的痕迹，巴米扬也成为一处东西方文化交会之地。公元七世纪，前往印度求取佛经的玄奘来到此地，并在《大唐西域记》中留下了对巴米扬大佛的珍贵记载。而今人们只能根据图片和想象去追忆了。

对中国人来说，巴米扬远在异邦，假如得知那儿曾是个佛教圣地，或许会感到一丝遥远的亲切。不过许多人初次听说这个名字却是在 2001 年 3 月，据新闻报道，阿富汗的塔利班武装用炮火毁掉了珍贵的古迹，古迹的名字叫作巴米扬大佛。巴米扬的历史不仅受到风雨的磨蚀，还遭到炮火的袭击，最终彻底断裂。

一些东西消失了。如果它们曾经是宝贵的，那是因为它们代表着历史，也代表着历史中所包含的人类情感，可说到底，它们终究只是一些存在的物而已。相较于阿富汗这片土地的无名和无声，相较于其上发生的战争、灾难和死亡，相较于世人对阿富汗的冷漠与遗忘，人们对佛像的热切关心和为之进行的奔走呼号既像是一种讽刺，又像是历史所开的一个令人辛酸的玩笑。

所以，我宁可去想，面对这片土地上的人们所遭受的深重苦难，巴米扬大佛是作为一种物而被历史的玩笑摧毁的。物为人创造出来又为人所毁，而在它们被摧毁的过程中，新的历史又在继续。

所以，我来到巴米扬并不是为了物，只能算是一种见证、一种纪念，从而避免遥遥的怀想。怀想什么呢？这听上去有点怀旧，可我也无旧可怀。

　　　　　　♣　♣　♣

　　我在山崖底下找了块石头坐着，对着山崖仰头凝望良久。

　　山不高，上面开凿着大大小小的洞窟，这些曾作为僧舍佛堂的洞窟现在大多空徒四壁。有两个洞因其巨大而最为显目，里面曾经站立着两尊大佛，被当地人称为"父亲"和"母亲"。而今已看不到佛像，只留下两个空洞。

　　对信仰伊斯兰教的阿富汗人来说，巴米扬遗迹早已纯属旅游胜地，不带丝毫信仰的性质。当大佛被塔利班政府炸掉时，遗憾是遗憾，却没有更大的信仰上的愤懑。无论如何，人总是要生活下去的。

　　而这座山就这样满身空洞地沉默着，因满目疮痍而显得有些怪异。一条弯弯曲曲的小路从西边山脚处隐约延伸至山上，沿着它大概可以到达山顶。可我根本无力攀爬到山顶，便站起身来，直接向山崖上爬去。

　　在山下远远就能看见山上晾晒着些红红绿绿的衣物，

有些洞窟门口还加筑了土墙和木门，可能是一些无家可归者占据了洞窟并以之为家。一群小孩儿正在山崖间的小路上奔闹嬉戏，见我猫腰往上爬，他们都立住脚，从山崖上遥遥向下俯视，又将双手拢到嘴旁对我喊着些什么。我站住了，直起腰手搭凉棚望向他们。只听其中一个喊了一声，三五个孩子一齐从山坡上飞奔下来，子弹似的冲到我身边才猛地刹住脚，将我团团围住。

"来。"一个小男孩儿说，笑嘻嘻地伸出小手拉住了我的。

这些孩子都蓬头垢面的。还有几个小女孩儿，头上披着肮脏的头巾，背上背着或是手里抱着孩子，站在不远处看着我们。

"去哪里？"我问。

小男孩儿指了指山腰处的一个洞窟，拉着我便往山上走去。他粗糙的小手满是泥巴，却很温暖。在孩子们的前呼后拥下，我来到了他们栖身的地方。一个女子正低头坐在外边的地上补缀衣服，看见我们来了，慌忙把衣服放到一旁，不知所措地站起来。她让孩子从里面的洞窟取出两个垫子放在地席上，俯身拍了拍垫子，客气地请我坐下。

我坐下来打量四周。这是一个大洞套小洞的格局，小洞在里面，铺着地席，大约是他们晚上睡觉的地方。外边是个大洞，长年累月地用作厨房，已是烟熏火燎、四壁乌黑。

女子从地上拿起一个水罐，吩咐孩子去打水，孩子高高兴兴地抱着水罐往山坡下的小溪去了。水打了来，女子开始生火煮茶。茶水滚了两滚，她从地上的小竹篮里取出一只茶碗，撩起身上的衣服边角擦了又擦，给我倒了一碗。她又进到里面，拿出一个装满了碎馕的篮子放到我面前。

"你吃。"她简短地说，坐在我旁边。

我对她笑了笑，从包里取出作为午饭的饼干。三个孩子坐在对面的柴堆上目不转睛地盯着我，见到饼干馕时两眼发亮，伸出乌黑的小手。女人见状大声斥骂，孩子们望着妈妈怯怯地缩回了手。我从地上拿过一只盘子，将饼干拆开来散放其上，又把盘子拿给孩子们。他们看看妈妈，妈妈没说话，他们便一人拿了一块，放进嘴里小心地咀嚼着。

我抱着膝盖默默看着孩子们咀嚼饼干的快乐样子，又转头望望他们的妈妈——她也凝视着我。这个身形瘦小、衣衫褴褛的妇人满面憔悴与劳苦，可从几个孩子的年龄判断，她大概不会超过三十岁。

孩子们很快就把盘子里的饼干吃完了，伸手叫着："饼干！饼干！"

妈妈怒气冲冲地起身将他们的小手一把推开，骂了几句。孩子们老老实实地坐了下来。

我又坐了一会儿，只觉郁闷难耐，便起身告辞。女子有些诧异地拦住我，指了指地上的锅碗，或许是想留我吃午饭。也不管她是否听得懂，我只嘟囔着："不不不，我要走了。"随后像逃走似的急忙往外赶。

我顺着洞前小道往大佛的方向走去。回身看看，她已在洞口坐了下来，肘子搁在膝盖上，双手托腮出神地望着我。

离开巴米扬之前，因心中割舍不下，我买了些东西又去拜访了他们一家。

❋　❋　❋

巨佛曾站立的地方现已拦上了铁丝网，网上挂着块蓝色木牌，上面用几种文字写道："大佛，五一六世纪建立，对人类有特殊意义，将由联合国教科文组织、日本政府和阿富汗文化局共同管理。此处危险，禁止攀爬入内。"

隔着铁丝网，只看见洞底坍塌堆积的泥土和高耸的洞壁。

日本政府多年来一直积极资助各国文化项目的建设，我在越南、柬埔寨和印度的众多古迹前都看到过日本政府的捐助说明。

我问过昌弘："听说日本政府计划重建大佛，并宣称凭借日本的技术可以把大佛重建得与原先一模一样？"

"是啊，我也听过这个说法。"他脸上的表情很复杂。

我禁不住问："重建倒塌的大佛有意义吗？"

他笑笑不答。

其实我想问的是，历史便是历史，倒塌也是历史，难道历史还可以重建吗？

昌弘告诉我，在山脚下的一间房子里可以找到看守人，他有打开铁丝网上那个小门的钥匙。进门后顺着洞窟边沿的台阶拾级而上，能到达大佛顶部的平台，沿着台阶的几个小窟内还存留着些壁画。

可我觉得不必非到顶部不可，也不必非去看那些已岌岌可危的壁画，便只是站在铁丝网外面仰头细瞧这五十多米高的空洞。空洞既空，我也无意久留，准备离开。

此时从身后走来两个年轻人，他们一边大声讲话，一边捋高袖子四处瞭望，似乎想找块石头垫脚翻过铁丝网。

我不由得叫了一声："你们干吗？"

他们站定了看我，答道："进去。你不知道从洞里可以爬到顶部去吗？"

我指着山体上的一条巨大裂缝（应是炮火的功劳），

说："你们难道没看见那个，不怕一踩上去洞就塌了？"

他们抬头仔细看了看。一个好像不甘心，仍低着头要寻石头。另一个说："算了算了。"于是作罢。

我们一起沿着山腰的小路向东走去。他们说自己是喀布尔人，都在喀布尔大学医学院读书，两人还是表兄弟。用通俗的话来讲，表兄弟俩都是原籍巴米扬省的喀布尔人，趁着暑假结伴回老家看一看。

巴米扬省位于阿富汗中部的哈扎拉贾特山区，省会巴米扬市是哈扎拉贾特地区最大的城市。当地的主体民族是哈扎拉族，关于哈扎拉族的来源说法不一，一些学者认为他们的祖先是蒙古人。十三世纪时成吉思汗发兵攻打花剌子模王国（其疆域包括现今的阿富汗）并留下了一支屯兵队伍，他们与当地人通婚后逐渐形成了新的民族，所以哈扎拉人才长着典型的蒙古人面孔。

哈扎拉族占阿富汗总人口的百分之二十左右，他们大多信奉伊斯兰教什叶派的支派十二伊玛目宗。虽然阿富汗人普遍信仰伊斯兰教，但百分之八十的人口都属于逊尼派，因此无论是在宗教信仰还是在社会生活中，哈扎拉人都处于少数和弱势地位。在成王败寇的政权轮替中，民族和宗教上的弱势地位使得哈扎拉族成为被普什图族和其他民族歧视的对象。

在塔利班武装控制了阿富汗后，参加北方反塔联盟的哈扎拉人遭到了残酷屠杀，而与其他民族迥异的外貌使他们更难逃脱被塔利班轻易辨识并杀害的命运。生活在巴米扬地区的哈扎拉人为自己悠久的历史感到骄傲，这也成了敌视哈扎拉人的塔利班毁灭大佛的一个原因。

民族和宗教冲突所导致的各种迫害一直是阿富汗面临的严重问题，不管何种政权上台都必须马上应对却又难以处理。

这俩大学生中的一个皮肤浅黑，英气勃勃，貌似普什图人。另一个则黄皮肤黑眼睛，明显是个哈扎拉人，他穿着白衬衫和窄腿牛仔裤，脚蹬旅游鞋，歪戴着顶白色太阳帽，神情轻松散漫，整日嘻嘻哈哈，看上去与中国的大学生没什么两样。两人的父母都在喀布尔开商店，大抵算是有钱人，这次他们开着自家车从喀布尔过来玩，还带着一个专职司机。

我们在山腰上走着，打算去另一个被称为"母亲"的巨佛所在处看一看。突然听到山脚下有人喊我的名字，定睛一看，原来是昌弘和他的同事正用激光扫描山体。

昌弘挥舞着双臂喊道："请不要走过来，请等五分钟！"

我们就立定一旁等待。时值正午，正是一天中最热的时候，我们在大太阳底下等得口干舌燥，他们的工作却迟迟没有结束。

哈族男孩儿说："我们走吧。"另一个男孩儿转头问我："你跟我们一起走吗？"

我已在这山崖前转悠两天了，便干脆地说："走！"

我们一起下山而去。坐在车上，很快熟络起来。黑皮肤男孩儿叫阿里，黄皮肤男孩儿叫纳比，纳比热情开朗，阿里则文文静静，长着一双睫毛卷曲的深情大眼。他们的车是一辆崭新的丰田陆巡80，阿里坐在前排副驾位置，我和纳比坐在后座。阿里频频回头看我，边看边和纳比对我评头论足，说个不休。

"你看上去很干净，"他们夸奖道，"不像其他来旅游的外国人那样一副肮脏邋遢的样子。"

我听了暗暗发笑。我当然不会告诉他们我就这一身行头，没得替换，在这炎热干燥的天气里已经十来天没清洗过了。

"你喜欢美国电影《泰坦尼克号》吗？"他们问了许多诸如此类的问题，弄得我险些招架不住。

"我只看了一半左右就离开了电影院。"我如实回答。

"为什么？难道你不觉得很好看吗？"他们惊奇地睁大双眼。

我踌躇了一下该怎样作答。"那种小孩子的虚假爱情不太合我的胃口。"

"哈！小孩子的爱情！为什么？我们可是很喜欢呢。"阿里将身子从前座直直向后探了过来，和纳比面面相觑。

"你们喜欢就行，总会有人喜欢的，不然它也不会赚了全世界那么多钱啊。"

我们讨论半天，决定去巴米扬南部的一条深山河谷访胜。车子掉头驶进巴米扬镇，我们买了烤肉、馕和一个大甜瓜，便向山里进发。他俩的老家就在这条河谷深处的一个小村子里，开车路过时，纳比说起他父亲告诉他的关于村庄的古老神奇的故事。听他的口气——一个真正的城市孩子的口气，他对乡村也充满了生疏与好奇。

过了村庄不久便来到车路尽头，我们下了车，听着潺潺水声向谷底走去。阿里不辞辛苦地猫腰抱着大甜瓜却仍走得飞快，我在后面跟着，他那大袍子的下摆在眼前甩来甩去。

从山顶到河谷底部，一条小路随着山石曲折往复，不知从何而来的溪水沿着山崖顺势而下，只听四处滴滴答答，水珠水线漫天飘洒。我们宛如在水帘洞里穿行，只觉寒气扑面而来，暑热顿消。还未到谷底就已听见从深处传来的温柔奏鸣，紧接着一片清澈碧绿的河水骤然呈现在前。

我们顺着河边不择路而走，觉得累了便在一处浓荫中坐下来，剖瓜吃午饭。阿里只吃了两片瓜就不再吃了，他到河边洗了洗手，安静地坐下来出神地望着四周。

"很美，是吗？"他忽然问道。

我呆了一呆。"是的，你的家乡很美。我去过那么多地方，你的家乡是我见过的最美的地方之一。"我由衷地说。

他若有所思而又深情地抬起头，向湛蓝的天空望去。

吃过午饭，他俩呼啦啦地脱了衣服冲下河去游起泳来。他们在水面上蹚了几个来回，又一个猛子扎进水底，活像两条自由自在的小鱼。闹腾够了，他们又站在齐胸深的河水里使劲怂恿我也下水，还自告奋勇地要把衬衣借给我穿。我费了好大劲才控制住要奔下去游泳的念头，只是挽起裤脚在河边逗小鱼玩。

或许是少数民族地区的缘故，巴米扬的民风朴实而开放。在这里很少看到身穿布卡的妇女，她们大都穿着色彩艳丽的服装和头巾。当我穿着自己的长衣长裤、戴着草帽走在巴米扬的村子里，人们不仅不会露出苛责的神色，还向我绽出微笑。我没有下河游泳并非出于什么约束，只是觉得游完泳后浑身湿淋淋的有点麻烦而已。

这里甚至比伊朗还要宽松。有一次在伊朗的一个小镇上，我没穿戴伊朗政府要求的黑色长袍和裹紧脸部的黑色头巾，只是随便套了条长裙，裹了条白头巾，结果被商场保安拦在门外。也许正因如此，在伊朗小城安扎利面对着如大海般浩渺辽阔的里海时，想在里面游泳的念头就来得特别强烈。

在伊朗，法律基本是禁止妇女游泳的，要游也得去专门为妇女开辟的场所，但这种地方极其稀少。虽然人们对此充满怨言，但若真的违反法规且被道德警察发现，就可能会被抓去坐牢。伊朗的先锋杂志上经常可见与此相关的漫画和笑话。

开车载我来到里海的一家人看出了我的渴望与犹疑，他们热情地怂恿并主动担起在海边望风放哨的任务，我和这家的小妹才得以在里海里畅游了一回——一种微小的、可笑的、作为妇女的天真反抗姿态而已。

阿里和纳比游完泳后又痛快地洗了个澡，一边搓肥皂一边说："已经两天没洗澡啦！"他们在水里嬉笑打闹，将水撩来拨去，我坐在岸边的石头上看着两个大男孩儿活泼的身影。虽然还没玩够，眼看日已西斜，他俩只好意犹未尽地上了岸。我们便又吃瓜吃馕吃烤肉。

跟着这两个开朗烂漫的男孩儿，我在阿富汗做了一回真正的"游客"。如果有一天大部分阿富汗人都能过上这种悠闲的游客生活，那才真的是这个国家的福祉。

- 3.河谷里的村庄 -

我在昌弘的小房间里度过了不少时间。他们要制作的地图包括巴米扬地区的三维图，耐心细致的昌弘不仅向我详细说明了地图的制作过程，还顺便讲解了各种测绘仪器，并在他的电脑上反复演示。虽然很喜欢地图，但我对制作地图的印象尚停留在手工绘制的初级阶段，此番经他指点才大致弄清了电脑制图的过程。

在昌弘的帮助下，巴米扬在我的脑海里形成了一幅三维图形。如果这不仅仅是地图而是关于一个地点的记忆，那真是一种奇特的记忆：我不仅从卫星地图上熟悉了它的沟壑、森林，它的河流分布、民居形状，以及那十来块由昌弘他们埋下的卫星定位石，即便是那空缺的大佛，我也从电脑上熟悉了它实实在在的形体，甚至还从它身后将它眼中的巴米扬镇狡黠地打量了一番。

就这样，巴米扬仿佛变成了一个可以在空中旋转、观测和记忆的苹果——我以为。

♣　♣　♣

一天昌弘指着电脑地图告诉我，在离巴米扬镇十多公里远的两条河谷里有几个洞窟，内部留存着堪称精美的壁画。我察看地图，选定了一个洞窟，想去考察一回。我牢牢记住昌弘指点的路线和地形，以防万一还让他给我画了一张简单的路线示意图，便在一个清早出发了。

太阳在树梢那儿清冷地挂着，我背着水和饼干顺着小河走了一阵，又下到河边掬起清凉的河水抹了把脸，然后过了桥，沿着白杨通天的小道继续向前。我对自己的方向胸有成竹，估计在中午十二点前怎么都能找到那个洞窟。为了方便窟内照明，我还向昌弘借了高功率的小型手电筒。

沿途看见星星点点散落在树林中的小村子，清晨的淡蓝色雾霭还未完全消散，低低地弥漫在小山坡上。早起的牛群伏在水塘边，懒散地睁着睡意蒙眬的大眼。

我路过村庄，我路过人们，我路过晨风和太阳，我路过这些。

一个小男孩儿骑着一辆沉重的自行车歪歪扭扭地从后面超过我，后座上一左一右驮着两大袋东西。他已经走到前头了，又禁不住好奇地兜回来跟在我旁边。

"我叫热夏，你叫什么？去我们家吧。"他耍杂技般地骑在车上，扭动车把费劲地保持着平衡。

我笑着摇摇头。他在旁跟了跟，便歪歪扭扭地骑走了。过了半个多小时，我还在路上走着，却看见他从前面骑车迎了上来，车后座上已经空了。

"我家就在前面，进去坐坐吧。"

我随他拐进了村子。

在他家里喝了两杯茶吃了几块糖，和他的兄弟姐妹聊了聊，看着刚刚睡醒的爷爷扬着拍子打了会儿苍蝇，我便再次上路了。我下定决心，今天无论如何一定要赶到那个洞窟去看壁画，不管人们怎么邀请，我再也不会在别人家里耽搁时间了。

一辆小面包车路过我，在旁边嘎的一声停下来。"去哪里？"司机探头问道。

我念出一个名字，那是离洞窟所在山头不远的一个村庄，昌弘告诉我的。

司机好像懂了，头一歪嘴一努，示意我上车。车上还坐着一个妇女。车子开了不到两分钟就拐进了山谷，在山谷里弯曲行走了一段，驶下一个小坡，在一排房子前停了下来。

"这是哪儿？"我跳下来疑惑地看看，四周是高耸的青山翠谷。

"家！我家！进来坐坐吧。"

我这才醒悟，踌躇了会儿，叹了口气："不了，谢谢你，我走了。"

顺着来路，我花了半个多小时才走出这个山谷，回到刚才上车的地点。我在路边的石头上坐下来，时间已近十一点，我有点怀疑自己能否在十二点前找到那个洞窟了。可昨晚看到的卫星地图开始在眼前晃动——不远，某河谷，山腰处。多简单。

我鼓起勇气继续往前走，一个小时后还没走到示意图上标示的某个地点，便停下脚步在路口四处张望。一辆老旧的小车经过，在我旁边停下来，司机伸出脑袋看着我，眼里打着问号。我趴在车窗边上，把那个拗口的地名重复了好几遍，他似懂非懂地看着我，回过头去问其他人。

"进来。"坐在副驾驶位上的男人说了句英语。太好了，他会说英语！那该没问题了。我长吁一口气，如释重负地挤进了后座。想到可以省下很多弯路，我开心地逗了逗身旁妇人怀里横抱着的小孩儿。他没理睬我的逗弄，捏着小拳头，亮晶晶的小眼严肃地瞪着我。

十多分钟后车子向右一拐，离开主道往另一个方向去了。我在后座上措手不及，目瞪口呆了半天，不禁哈哈大笑。其他人面面相觑，不知我在笑什么。我一边说

"对不起"，一边看向车窗外傻笑个不停，好不容易才止住笑声，抬手擦了擦笑出来的眼泪。回头一看，大家全都微笑着看我，我不好意思地把脸又转向了窗外。

抱孩子的妇人凝目看我半天，脸上绽开了笑容，腾出一只手从放在座位底下的手提袋里掏出几粒水果糖递给我。我接过来剥开一粒，在那个一直瞪着我看的小孩儿眼前晃了晃，他到底放弃了严肃的表情，张开小嘴笑着接受了贿赂。我又剥开一粒，放进自己嘴里。

人算不如天算。我嘴里含着糖，安安心心地把头伏在车窗边上，看着慢慢移动的树木和村庄。

车子在小河边停了下来，终点到了。

"跟我来。"那个男人又说了句英语。他戴着副眼镜，左边的镜片裂了，用透明胶粘着，上身穿着黑色西服，里面套着件浅灰色的阿富汗长袍。

他领着我走过小桥，走进村庄，几只瘦小的鸡在村中小路上庄严地踱着方步。走到村子后头，他越过一个用树枝搭成的篱笆，站在篱笆那边向我迟疑地伸出一只手，似乎是想帮助我。我对他微微一笑，自己翻了过去。

我们沿着小溪走进一个新建的院子，许多地方还未完工，地面上堆着几桶灰泥。院子在阳光下散发着潮湿的泥土气息。我们走进正房坐了下来，房间窗明几净，办喜事似的挂着许多彩带和花束。地上通铺着一层红色的化纤地毯，其上再铺羊毛地毯，地毯上散放着许多长的短的圆的方的靠垫。

男人示意我坐着，自己走到外面去了。很快他回转来，后面跟着一个身穿蓝底百褶长裙、披着黑色头巾的年轻女子，眉间点着一粒红色的吉祥痣。她倚靠着门，揪着头巾一角羞涩地看我。男子对她说了些什么，她转身走了。过了几分钟，她端着茶盘进来放在地毯上，给我和男子各倒了一杯茶，将装着糖块的小碟子放在我跟前，随后在对面坐下来悄悄打量着我。

从外面又进来几个女子，发型打扮有些特异，此地风俗或与别处不同。一个女子额上是童花头式的厚厚刘海，后面头巾下却露出好几根小辫的尾巴，眉间也点着红痣。见这发式如此特别，我笑着要她揭了头巾瞧瞧，她大方地将头巾揭下，还旋转着身子让我看个够。别的女子也聚拢来，扯着我的衣服叽叽喳喳地议论——在她们眼中，我的衬衣长裤估计也够怪异的！一个女子好奇地拿起我的草帽试戴，未等摘下就笑弯了腰。

五六个孩子冲进来围着我们嬉笑打闹不已，被大人们撵了出去，但那些小脑袋仍嵌在门框上探头探脑。

屋里一直闹哄哄的。奇怪的是带我进来的那个男人坐下以后就不再吱声，他找了本书低头看着，偶尔抬头喝两口茶，看看我和他家里的女人们，脸上现出朴实的微笑。

喝茶，吃糖。不久女人们起身做饭去了，几个小孩儿好似得了赦令，全都冲进房来，在我对面团团坐成一圈，看戏一般观赏着我。我也趁机大做鬼脸，把这群孩子逗得东倒西歪、笑翻在地。最小的男孩儿三四岁左右，一头黄发，正正坐在我身前，仰头呆望着我挤眉弄眼的样子，缺了几颗门牙的小嘴咧着呵呵呵笑个不停，亮晶晶的口水直掉在我的膝盖上。

大家笑够了，几个孩子走出门去。很快小男孩儿拎着个大鸟笼回来，里面蹲着只缩头缩脑的胖鹌鹑。"看！"他指着那只胖鸟，神秘而惊喜地与我分享。他把宝贝放在我面前，自己蹲在一旁观察，看到鸟儿一副无精打采的模样，他把短短的小手指伸进去捅了捅它，又抬头对我咧起嘴笑。

我和孩子们闹成一团时，女人们鱼贯而入，手里端着托盘。我们开始吃午饭：炒好的方便面弄碎后盛在一个大盘子里，当作菜就馕吃，配上生洋葱片。我喜欢和他们一起吃这样简单的饭。

吃过午饭，盘子撤了下去，人们围着我七嘴八舌问个不停。虽然听不大懂，但比比画画也能明白个大概，无非是问我叫什么名字、家在哪里之类。

一直埋头苦读、连吃饭时也把书放在膝盖上不停翻阅的男人终于抬起头来，结结巴巴地说了一句英语。我没听懂，请他重复一遍。他把书递给我看，原来他埋头攻读的竟是一本英语教材！他指着书上的一句话又磕磕巴巴说了一遍。我低头一看，是个问句："你结婚了吗？"

他把问话的意思告诉大家，屋里顿时变得安静极了，仿佛能听到耳朵们在竖起。

我想他们确实会很好奇：若是一个女人结婚了，怎么还自己跑出来？若是没结婚，那她为什么还不结婚？在伊斯兰国家旅行时，为了避免麻烦，通常我会如此这般地告诉别人："我已经结婚了，丈夫很忙，不能陪我出来，他要在家挣面包。"然而这回，对着一屋子友好的耳朵，我只能老老实实地说"没有"。

镜片后的双眼睁大了，男人一番惊诧，接着把我的回答转告众人。果不其然，屋子里哄的一声炸开了锅，人们交头接耳。一个性急的女子张嘴问我什么，见我迷惑，她把脸转向男子，他爱莫能助地摇摇头。她露出焦急万分的表情，也许是有一肚子的问题想问吧。

男人指指自己说："结婚了。"原来他是新婚，这儿是他的新房。

他指着穿蓝裙子的姑娘说："妻子。"说完低头翻书，另外找话来问。

"你多大了？"他问，先指指自己说"二十三"，指指他的妻子说"十八"，又挨个指着其他女子介绍，"妈妈，四十。姑姑，三十五,二十八,三十二。"

接下来我们都趴在地上，借助那本英语教材交谈。

后来我抬腕看表，竟然已经下午两点了。我猛然想起今天还另有任务，便坐直身子说:"我要走了。"我比画着告诉他我的目的地——一个山洞。

"什么？"他在破碎的镜片后睁圆了双眼。其他人也围拢过来想听个明白。

我低下头哗哗翻书，可惜书上没有任何关于佛教、洞窟或壁画的句子，我比画了半天他也搞不懂。他连连示意请我留下来吃晚饭，双手兼施做出杀鸡的样子，可我还是坚持要走。要知道，冲着这么淳朴的热情，我的"坚持"该有多困难啊。

我不舍地告别了女人、孩子和新崭崭的小院，男人送我出村。

走到村头，过了小木桥，我请他不要再送了，可他还继续往前走。我拦住他，自己向前跑去，一边跑一边回身挥手作别。

他庄重而笔直地站在那儿，举起一只手微微摆了摆，大声说出一句完整的英语："欢迎下次再来！"

等我走到大路上站定了回过头，还能望见他那黑色西装里套着袍子、端立桥头的身影。

♣　♣　♣

一个小时后再次回到主路上，不过我已不想去寻找什么洞窟了，它们和地图都不再重要。人们正在进行的生活总是更有趣更重要，不是吗？

在树荫下静静地坐了会儿，在附近随便找了座小山爬上去，从山顶俯瞰着整个河谷。

通向谷底的山坡上零星散布着田地，作物已经收割，空旷的田野透出近秋的富足。清澈透明的阳光照耀着整个山野，空气里满是干草和野花的气息。一个宁静美丽的巴米扬。

忽然之间，从远处山谷传来震耳欲聋的爆炸声，劈开了白日的宁静——修建军事基地的美军正在例行排雷。声波震撼着山谷，轰鸣久久不散，树木在声浪中摇晃，泥土和叶子沙沙作响。

此地的人们可能早就熟悉了这雷声，我也渐渐开始熟悉。

山谷里缓缓流淌着一条河，河流上游是喧嚣的瀑布。雨季刚刚结束，瀑布、流水混合着地雷爆破的声音，给安宁的河谷增添着骚动与不安。

- 4.班达米尔湖 -

距离巴米扬镇七十多公里处有一美丽大湖，名唤班达米尔。大湖由相互连缀的六个湖泊组成，如同一个流传久远的神话，深深地隐藏在兴都库什山脉高处的荒漠当中。

我在巴米扬镇游荡了三天，想等一辆前往班达湖的车，却一直没能等到。其实每天凌晨三四点时，镇上会有一趟中巴前往距离班达湖十多公里的一个小村庄，可以先坐中巴到达村庄后再步行前往班达湖，但我已在镇上休息了几日，神经一旦松弛下来，就再难鼓足勇气去赶这趟半夜三点的班车。炎热干燥的天气、糟糕的路况和难以预料的形势，使得阿富汗几乎所有班车都是在半夜出发，之后便一路狂奔，力图在天黑前抵达目的地。倘若天黑了还没能到达，在荒漠与孤立无援中，谁能保证不出点什么事呢？当然我大可包上一辆丰田越野车，这样的车子总在镇子四处晃荡，恭候着外国人的大驾光临。可我又不想独自包车。

到了第四天中午还是没找到合适的车子，我已准备放弃班达湖了，打算次日凌晨就离开巴米扬。结果下午昌弘告诉我，他们的工作队在周末——也就是明天——要去班达湖游玩，我可以搭他们的车。

于是，我终于还是见到了班达湖，不然我怎么能够想象，在那满目荒瘠的深处竟会像梦幻般静静藏着一个如此美丽的所在呢。

昌弘他们的工作车也是丰田越野，也是凌晨三点半就出发了，一共两辆，除了工作队的人和阿富汗外交部派来的随行翻译，还有个荷枪实弹的护卫军人——一个稚气未脱的十六岁少年。

出发时天色还全黑，四点多时，天空的一角微微透出些亮意，然后便看见一轮金红一点点地从黑黝黝的大山后头缓慢无声地露出，饱含着生命的汁液与力量，新鲜而动人。此时车子也渐渐驶离了黑暗，在茫茫无涯的荒漠中孤独地爬行着。

烈日下的行驶仿佛永无尽头。大地上满眼皆是茫茫荡荡的黄山褐土，每绕过一座山梁，便会看见前方更无尽的崎岖往复的道道山梁，它们的面貌几乎一模一样，都是那贫瘠的褐黄、那焦旱的荒凉。

当车子历经艰难终于喘息着抵达一个山顶垭口时，蓦然间，一方碧蓝宛若自天而降闯入视野，立时将我们那因贫瘠而逐渐发炎的眼睛清凉地安抚下来。

那蓝，那如此宁静地躺在遥远谷底的蓝，就像是蓝的家园，就是蓝本身，就是宁静与遥远本身。

那蓝，那凝固深沉矜持的蓝，因了四周饥渴的褐黄，更显高贵与从容。

正如人之心性不一，湖，也因各有心性而使"最美"顿成虚妄。为什么真正高贵的美总是掩藏在重重的艰难困险之中？班达湖，仿佛深藏着人类无法知晓的秘密，却又显得那么泰然自若。

离开山顶之后，班达湖便一直在视线里伴随，渐渐可以看出几个大小湖泊相与连缀的形状来。

待我们驶下最后一个山坡，突然发现前方一阵大水从远处漫漶而来随地流淌，好似进入了一个水泽国：脚下的泉水逐流而前滔滔不绝，小山坡上，蓝色湖水正狂泻而下形成层层雪白的瀑布；天地一片氤氲，飞沫在空气中游荡，女人和孩子站在瀑布底下洗澡洗衣，欢声笑语不绝于耳。

穿过大水到达湖边，我们才看清四周早已停靠了一些车辆，远道而来的阿富汗人正忙着烤肉或烤鱼，一派喧闹繁忙。从刚才远眺的山顶来到这里，班达湖慢慢显现出阿富汗著名风景区的模样来，变化之大实在有些出乎意料。在游人的欢声笑语中，不久前还隆隆作响的炮火、沿途竖着红色警示牌的地雷危险区域都显得像是天外之事。

班达湖的湖水由四周岩石断层和裂缝渗出的水积聚而成，富含矿物质；四壁与湖床皆为矿物沉积形成的石灰华，光洁细致，其中的方解石成分在阳光的照耀下亮晶晶地发出光芒。湖区自高而低形成几个湖泊，湖水层层倾泻而下逶迤十数里，末了汇入地下河。游人环绕的这个湖泊面积最大，水面平滑如镜，蓝得犹如硫酸铜一般。

作为名胜景区，湖边有可供租用的桨船，也有轰轰作响的摩托艇，可将游人送至湖区深处。

我离开了忙于烤鱼的昌弘他们，来到湖边一座两层的土坯建筑前。从建制看，它状似圣徒墓，底层大门上层层叠叠地拴挂着无数的锁。同心锁、愿望锁，人们总想锁住自己对未来的美好想象。

圣徒墓二层的泥面平台上，许多衣衫褴褛的阿富汗人静静地坐在那里，百无聊赖而又神情漠然地观望着正在湖边度假的游人。我混在人群里呆坐了一阵，顺着他们的视线也向湖边的喧闹处看了几眼，心中有些不安，便离开这里自行向上溯源去了。

不过最终我也没能到达源头。这几个湖有的在表面上并不相连，断开地段目测要走上至少半小时，也许在湖底它们自有相通之处。

我将鞋子脱下来拎在手中，不停地涉水而上，晶莹剔透的湖水漫过脚面。起初远处人群的喧闹声还会被风隐约传送而至，随着愈行愈远，渐渐人声俱息，空气在阳光里愈发坦荡清明，流转着群山间迂回的风声以及自地底深处传来的汩汩水声。

这时我也攀走得有些累了，便不再关心源头，寻着湖边一处青草环绕、芦苇丛生、寂静无人的所在，将草帽盖在脸上，放倒身子美美地睡了一觉。

我做梦了吗？肯定做了。一定的。

第五章

寻 找

第一次出门远行，去了长江三峡。天空上，被风扯成了薄丝的云在自由飘荡。

　　在船上碰到一个同样年轻的男孩子，我们买的票都是散席，那天晚上，我们铺开塑料布睡在客船的甲板上，仰望着星空。船在水面上悄然滑行，长江在耳畔发出轻柔的哗哗声，淡淡的月光底下，四周的山峦沉默得那样温暖。他抬手在天幕上指指点点，教我认星星——他说的那些关于星星的话，他认真的样子，他略显稚气的脸庞，至今还与那一长溜清晰美丽的夜空一同浮现在眼前。

　　这个当年的孩子，现今到了哪里？他还记得那晚的三峡吗？我不知道，我只是从自己的记忆里将他找了出来。

我们的漫长旅途，正仿佛一种寻找。

陌生人，如果读到这里你会想起自己年轻时也曾躺在客船的甲板上仰望着灿烂星空，那么，我就找到了他，也找到了你。

- 1.十二年前的喀纳斯 -

其实已经快忘记了，如果不是又从记忆里将它捞起的话。有许多这样的事情，虽然并不是真的就忘了，但若是没有机会再次谈起，也就像是忘了一样。

十二年前我曾寻找过喀纳斯，那时的它还鲜为人知。当年我手头的《中国地图册》里有一张全国自然保护区的图，我就是在这张无比简略的地图上读到了一个名字：喀——纳——斯。听上去，这三个音节就像是从北疆那些曲里拐弯的语言中自然而然地流了出来，如此明净而流畅，我们几个就去了，怀里揣着那本地图册。

花了许多天在火车上，转车转车再转车。有许多天，耳边只响着火车轮子敲击铁轨发出的单调节奏。

记得火车是在夜里经过了宁夏和甘肃。我坐在车窗旁，将头伏在小茶几上，看见窗外涌来一坡一坡的黑暗，坡上是一盏两盏暗淡的灯；我也看见了在黑暗中呼吸和沉睡的村庄。那时我在想，这些是什么样的村庄，村庄里生活着什么样的人，在他们的生活里又会发生什么样的事呢？

我没法认识他们，这个世界上的绝大部分人我都不可能认识，但是，我知道他们与我一样生活在安静呼吸着的村庄里，生活在同样生长粮食的土地上。

火车重重地喷着鼻息，靠近了午夜空寂的小站台。一些穿着搭襻黑棉袄的西北男子扛着包袱一身寒气地上得车来，往往身旁跟着个披黑色头巾、低眉垂目的温顺女子，有时还扯着个身体瘦弱而眼神倔强的孩子。他们很少说话，沉默着，或站或坐，总在凝神想着什么似的。当我从夜梦醒转，在车厢昏暗的灯光底下看见这些面颊瘦削、细眉长目的人时，总感到些恍惚。而到了清醒的早上，这些男子女子却又约好了似的通通不见了，就好像在这列漫长的火车上，从荒凉坚硬的山坡沟壑里走出来的他们只是匆匆过客，我则是永久的旅客。

火车快到乌鲁木齐了，我还浑然不觉。窗外还是一望无际的温柔草原，夕阳斜斜地照着，暖金色的光穿透了傍晚时分从草原上升起的淡蓝色雾霭，马儿甩着尾巴在金色的夕阳里吃草。我望着窗外，吹着小口琴，沉浸在一种年轻、温柔而苍凉的情绪里。

"到了？真的到了？"我吃惊地问。我坐着火车体会到了时差，头一次真正感受到土地的辽阔。

虽然我们在乌鲁木齐四处打听，却没人知道喀纳斯。人们反问："喀纳斯？那是什么地方？"

我们不再问人。我仔细研究了那张简略到简陋的地图，觉得喀纳斯看上去离一个叫阿勒泰的地方很近。我们就决定去阿勒泰。

在去往阿勒泰的班车上，邻座是个热情的中年男子——在年轻的我眼里，他已经是中年了，可要叫现在的我来说，三十多岁的他还算青年吧。他自我介绍说是阿勒泰市歌舞团的团长，"小姑娘们，等到了阿勒泰就请你们去喝啤酒！"

当年的阿勒泰是一个巴掌那么大的镇子，太阳一落，凉风就开始吹拂。记得我们走上一个长长的坡，坡顶上的小饭馆门口立着一个很大的原木啤酒桶，四周坐着正在晚风里消暑的人们。我们坐在啤酒桶前，团长在龙头底下给大家接上新鲜的一大扎，我倒上一杯，轻轻抿一口，一股香甜的液体畅美难言地流入喉头。那是迄今为止我喝过的最好喝的啤酒，完全配得上"又香又甜"四个字，我接连干了两杯，直喝得热情洋溢。

喝完了啤酒，团长带我们去找他的一个朋友安排住宿。那好像是一个叫作金桥宾馆的地方，四五层高的楼前是个院子，院里空荡荡的。正好碰上停电，我们跟着团长摸黑走上二楼，在一个点着蜡烛的房间里见到了经理，他的发顶已有些稀疏了。

安排好我们之后，团长便要走了，他说："小姑娘们，喀纳斯愉快！"

经理说："喀纳斯呀，我知道，可怎么去那儿我不清楚。明天你们去问问运木头的卡车司机，或许他们会知道。"

第二天早上我们去汽车运输站打听。在引擎盖下忙着修车的司机直起腰来说，阿勒泰没有车过去，但是布尔津有运木头的卡车往那边走。

回到宾馆与经理告别。经理说："出门在外，女娃娃要小心。我有一个儿子与你们一样大，也在外面读书，我看到你们就像看到了他。"说完他从抽屉里拿出一支硕大的装着三节一号电池的手电筒送给我们。

我们先坐班车到了布尔津，之后坐在卡车驾驶室里前往喀纳斯。沿途看见了些什么，我已记不清了，或者说与日后关于新疆的记忆混杂在了一起。总是那些树，那些草原，那些马儿和羊群。

卡车在傍晚到达了终点，一个木材转运站，靠近一个名叫贾登峪的林场。贾登峪离喀纳斯还有几十公里。

卡车停靠的地方正好在森林的边缘，那里有几间连在一起的平房：一间挂着锁的小办公室，一间小卖部，一间大通铺。司机大哥说："这里没有给女子住的地方，你们今晚就睡在我的车上吧。"那晚我就睡在驾驶室里。

夜深了，夜色很冷，星星因寒冷而愈显清晰。我凝视着窗外冷静的夜空，思绪万千，难以入眠。后来便看见一盏马灯晃悠悠地往车这边来了，是木材站的站长。

他叮嘱道："小姑娘，虽然冷，可晚上一定不能把车窗全部摇上，要开一点透气，不然容易出事。"他还拿来一件军大衣，让我盖在身上。

我说："站长，要不你也上车来一起说说话吧，我睡不着。"

他就打开车门上来，坐在我身边的座位上。面对着车窗外璀璨的群星和群星下黑黢黢的无际森林，我们聊了很久。

他说了很多，说起他在这片森林里的生活，他的家庭、妻子和女儿。我沉默地听着。我们凝望着眼前的斗转星移，四周是同样沉默的莽莽森林，他的话语融化其间，似近似远。

那个夜晚，让我觉得自己的生活是那么年轻美好，那么意味深长。

天空上，星星很大很美，或者说在我的记忆里，它们是那么大，那么美。

不过，日后回想起来却难免有点困惑，为何站长会那样推心置腹，将一个三十来岁男子的心事向一个小女生透露？难道因为我是个陌生人吗？

前些天翻看老照片，看到站长的一张，记起了当时的情形。

离别之际，我对站长说："我给你照张相吧，回头给你寄来。"他便走到草地中央蹲下来，手里揪了一根草，慢慢地在手心里揉着。于是在这张泛黄的照片上，只见一个留着一点小胡子的男人有些迷茫地蹲在草地上，眼睛没有看相机镜头，微微地垂着，仿佛在看着很遥远的什么地方。

那位森林里的站长，他今日又在哪里？他是否还记得当年——十二年过去了啊——和他一起谈话的那个女孩子？他曾给予她信任，叫她在今后的路途上走得更稳，更热爱他人。不知他是否收到了我托司机大哥辗转给他捎去的东西，里面有给他妻子和女儿的礼物。小姑娘应该已经长大了，是吧？

亲爱的陌生人，除了在记忆中，我到哪儿可以找到你们呢？

♣　♣　♣

早上离开木材站时，听从站长的建议，我们在小卖部买了很多砖茶和水果糖，预备送给路上碰见的哈萨克人。我小小的双肩书包因而有点重。

临近中午，草原上下起了小雨，我在路上走着，起劲地甩着两只胳膊，心里是那样快活。我甚至唱起歌来——我的歌，那雨也听见了吧。

雨下大了，身上被打湿了，我们沿路跑了起来，跑得很快，朝着前方一个冒着烟气的哈萨克毡房。

跑着跑着，一片湖水突然就那样袒露在眼前了，蓝的绿的颜色，美得不可方物。湖边站着一排排秀丽的云杉和雪松，顺着山坡曼延，直铺到了天上。

我戛然停住脚步。耳畔雨声潇潇，仿佛天地在私语，草棵子绿汪汪的，湖面氤氲一片发出各种光芒。我简直是醉了，很想就地一躺不起。

蓦地听到什么声音，扭头一看，一个包着红头巾的女子站在冒着炊烟的毡房门口冲我们喊着什么。我将视线从湖水移开，朝毡房跑去。

几个人湿漉漉地冲进了毡房。那女子示意我们在烹茶的火炉子旁坐下，将身上的衣服烤干。我看着红头巾的女子弯腰屈身勾兑茶汁，身姿温柔而优美，炉子里的火光映着她面颊上的两团酡红。

我接连喝下好几碗热乎乎的奶茶，忙着将奶渣塞进嘴里，又打了无数手势，嘴里不停地发出一个声音："喀纳斯，喀纳斯，喀纳斯。"

两颊红扑扑的女子笑了，用手指着一个方向，说："喀纳斯。"

睡在地毯上的老爷爷醒了，坐起身来，懵懵懂懂地看着我们。

近傍晚时，雨停了，阳光像金子一样铺了满地，草棵子的尖尖在夕阳里微微地颤抖着。

男主人说，全家人还没一起拍过照片，请我帮照几张。他们喜气洋洋地把地毯抬出来铺在毡房外的草地上，让爷爷奶奶坐在中间。奶奶的脸上满是又深又密的褶子，她安详地坐着，手里抱着两岁的孙子。为了让爷爷安安静静的，男主人给他点了水烟，于是照片上的爷爷戴着顶厚厚的狐皮帽，一直盯着手里的烟袋子。

这些全家福是我珍藏的照片，也是我自认为拍得很好的照片，在屋里的墙上贴了很久。过了几年我把它们取下来时，墙上还印着方方正正的痕迹。不知他们收到我寄过去的照片没有，我只知道当时邮递员要骑着马才能到达他们那个湖边毡房。

那晚我就睡在毡房里，怀里抱着上小学二年级的小妹妹。小妹妹很喜欢大声地叫我的名字，在草原上，在毡房边，她一声声地叫着，我也一声声地应着，那一声声里包含了多少欢喜的心思。

第二天早上，饱饱地喝了奶茶吃了馕，男主人叫上他的小儿子一起把我们送去喀纳斯。瘦小的巴郎大概只有六七岁，从马屁股那里蹿上马背的姿势却非常利索，让我惊讶了半天。我和小巴郎同骑着一匹马，同伴们坐着牛车，一行人便出发了。

最后过了一座桥，来到河边一排用原木垒成的房子旁，他们便回去了。这是林场招待所，有一个姑娘在照看着。

这晚只有我们几个。姑娘问："你们自己在这里会害怕吗？我妈妈生病了，我想回去陪她。"

我鼓足了勇气说："不怕。你回去陪你妈妈吧。"

"要是害怕就把门反锁好，其实不锁也没什么，这里晚上不会有人来的。若真有什么来敲门，你猜会是什么？是熊瞎子！"说完她咯咯地笑了。见我们没被吓着，她便放心地回家去了。

她走之前，我跟她讨了几支蜡烛。晚上，我坐在桌前就着亮堂的烛光写了好几封信，抬起头来，看见自己的影子正在木头墙上静静地燃烧。

我就这样找到了喀纳斯。在那样的年纪，我还并不知道什么叫作艰难，幸运的是，在真正理解艰难的含义之前，路途就这样给了我一个明亮的希望，而这希望也将继续照耀着我今后的路途和内心中愈来愈深的艰难。

　　所以，我找到的不只是喀纳斯。我在路上碰见的那些人，正是他们，构成了我在漫长路途中寻找到的那个美好的世界。

　　喀纳斯。人们。这一切与阿富汗有什么关系吗？

　　是的，因为我，因为路途和世界，喀纳斯和人们就与阿富汗产生了关联。如同你，亲爱的陌生人，假使你正在阅读这本书，那么在你和我之间，在你和喀纳斯与阿富汗之间，也就产生了一种遥远的无以名之的联系。

　　时空就是如此简单地被我们的生活和旅途所联系着。

- 2.歌声与少年 -

我不知道他的名字，和他也始终没有一句交谈。他是司机的助手，坐在我前面。那时我从位于喀布尔南部的城市加兹尼前往更南方的坎大哈，乘坐的是凌晨四点的早班车。

四点钟时车还没开，女人们在车上坐着，男人们在下面忙着往车顶上一层层地装货。外头漆黑，车内亮着灯，明晃晃的，将那群沉默的蒙着蓝色布卡的身影照得触目惊心。

我想打开窗子瞧瞧外面，一扭头，正看见窗玻璃上反射着自己的脸——一张肌黄憔悴的脸。许久没照过镜子，对着这张脸我登时愣住了。

为了控制住心头一掠而过的自怜和迷惘，我仓皇地打开窗子，清晨沙漠的寒风一拥而入，将脸抽打得生疼。窗外正是黑夜和曙光的交替时分——正是曙光未现、黑夜最黑的时候，暗沉沉的夜显得枯寂无边。亮着几盏小灯的停车场上，穿梭忙碌的男人们把头巾裹在脸上抵御寒风，只露出两只眼睛。随风送来人们低低的谈话声。

头抵着窗框，眼望着窗外，我的心情徐徐融入了这即将明亮起来的黑暗里。

此时，车内一直轻轻播放着的音乐脱离了其他声响，异常清晰地传入耳中。那是一个女歌手的声音，我在路上已经听到过好几次了，低沉时显得凄怆悲凉，高亢时则变得激越嘹亮，就像一道长长的穿透黑暗的疾速闪电，又像一簇在寒光闪烁的水晶墙后熊熊燃烧的火焰。这歌声将我有些低沉的心绪煽动得如同一团在无边旷野里燃烧跳跃的火苗，我体会到一种与黑暗对抗的激动不已的情绪，一种烧灼自我的献身般的亢奋，一种在荒漠中被禁锢的欢乐。

她是谁？她在唱些什么？我环顾四周，希望能找到一个可以交流的人。车上只有那些沉默等待的蓝色妇女，她们的布卡如一块"禁止入内"的警示牌，横亘在交流之间。

我收回了目光，将它投向窗外。可她的歌声已然浸透了我的目光，我的目力所及、我所看到的黑暗中的一切，都被她的歌声唱得那样意味深长。我在路上，我试图走向远方，通过长长的旅程我才学会了怎样去理解世界与热爱他人，而她仅凭一种声音就直接而敏锐地穿透了我的路途和我的热爱，直抵那目不能及的遥远他方。

那些声音，那些遥远的声音啊。

人们站在草地上、旷野中、黑色的泥土里，人们内心深处最温柔、最苦痛的那根细弦因生活而悄悄地颤动……于是一只云雀从被桎梏的地底飞上高空，回旋在黄土之上；于是一只雄鹰从悬崖上俯冲而下，在旷谷里展翅飞翔；于是一匹黑色骏马在辽阔的草原上疾驰，马鬃向后笔直飘扬。于是，一种声音在空中久久地、久久地回响。

我所寻找的，那些声音。

男人们上车了，车子启动，离开了加兹尼。我尝试询问歌声，他们耐心地听着，却露出一脸不解和爱莫能助的表情。

天慢慢地亮了。

＊　＊　＊

阿富汗南部的路况可谓极其恶劣，仅有的一条黄土路蜿蜒伸向无尽的天边，路面遍布大小弹坑，车子一过便沙尘滚滚。前后衔接或相互交错时，所有车子都难以看清十米以外的路，大白天都得开着雾灯小心翼翼地在浓尘中颠簸爬行。

我坐在中巴前部副驾后面的位子上。前边的车窗大敞着，转眼之间车内就尘土飞扬活像个硝烟弥漫的山洞。看看前后，男人们对此无动于衷，妇女们则套在布卡里正襟危坐——布卡至少还有能挡灰的好处。我在尘土中不停咳嗽，只好把大披肩兜头兜面地一裹，将头抵在前座的靠背上。

断断续续却从未停止的腹泻以及营养不良早已使我的体重和健康状况直线下降，但直至此时我才如此真切地察觉这一点。糟糕的路况本不是什么新鲜事，我通常都能若无其事地忍耐过去，而今却只觉精疲力尽，身躯绵软得不听使唤。

我一动不动地裹在披肩里。时间停止了，内心虚弱下来：我在哪里？为什么我会坐在这辆身边满是陌生人、连自己的疼痛都无法表明的车上？为什么我要远离自己的家乡来到这个陌生的地方？

我默默地打开披肩一角看看外边。看不清楚。前边的窗子已经关上，只看见尘土在玻璃上扑簌簌流水般往下淌。我坐直了身子，将披肩展开，轻轻把灰尘抖一抖，又重新裹到头上。

这时，坐在副驾上的司机助手回头瞥了我一眼，令我心里一颤：这一瞥里包含着怎样的关切呀。

他年纪很轻，不会超过十八岁，端正的长脸，浓眉大眼，轮廓分明。他个子应该很高，几乎挡住了我的视线——他和另一个人背靠背挤在座位上，他抱着自己的膝盖龟缩着，像个庞然大物，直挡住了半边挡风玻璃。

在车子开得比较顺畅前后无车灰尘渐息时，大家会把车窗打开，让新鲜的空气穿过车厢。我发现前座这个助手少年默默关照着我：空气清洁时，他会打开窗；两车交错灰尘涌来时，他会及时把窗关上。他就这样一言不发、不厌其烦地开窗关窗，还悄悄递给我一瓶未开封的矿泉水。

虽然心中感激他的好意，但我们没有哪怕片言只语的交谈。在阿富汗南部，塔利班政府当初的禁令虽言废除，生活里却看不出多少解冻的迹象，陌生男女严厉相隔的情形随处可见，所以我是加倍小心，极少与男人说话。我也担心他对我的关照会惹来闲言，给他招致不必要的麻烦。

头昏目眩令我渐渐身不由己，只能瘫在座位上煎熬着。看看周围其他人，虽然也都面目全非，可满面尘土之中仍可见两只精光四射的眸子。相比之下，我为自己的状况感到惭愧，只能默默忍受。而此刻，让我在虚弱中感到些微安宁的便是那循环播放的歌声，在那充满了慰藉与力量的歌声中我才得到暂时的忘却而将自己寄托于遥远。

一路都是军事检查站，大约每隔一个小时车子就会停下来接受检查。所有人都必须下车接受搜身，几个男子随身佩带的刀被没收了。我没有力气离开座位，模糊间睁开眼，看见少年指着我跟荷枪的军人说了些什么，他们便示意我不必下车。

半昏半睡中，感觉车子拐了个弯停住了，一直在耳畔轰鸣不已的发动机发出一声喘息，终于静止下来。原来是停车吃午饭。从半夜三点起床直至下午两点才停车休息，不知别人怎样，我是闭目喘息了半天才能爬出我的位子。车上的人早已散空，我扶着车上的栏杆伫立了好一会儿，慢慢感觉血脉流动起来，精力稍有恢复。

这是荒漠中的一处驿站。刺目白亮的阳光下，除了并排而立的两座土坯小楼，前后皆是茫茫旷野，一条又宽又硬的黄土路贯穿而过。我茫然四顾，看见穿着布卡的女人们在离路不远的矮墙后面躲躲闪闪的身影，也赶紧往那里走去。一路上为了减少上厕所的次数，我没敢喝水，就连腹泻好像也被意志力控制住了。

重新回到路旁时，楼前已横七竖八地停靠了两三辆班车。一群男人正挤在水泵前用水，我怯生生地跟在队末。那少年突然来到我面前，手里提着只小水桶，里面是满满一桶清水。他歪歪头，示意我跟他走。

我离开人群，跟他来到一旁。他举起水桶，水流一线如注，我在下面接水洗面漱口。直至双手掬着这清凉上脸，我才完全恢复了意识。我贪婪地将满满一桶水用了个精光，连脚也冲洗了一番——我穿着凉鞋，连脚带鞋早已灰扑扑好似泥塑一般。

我直起腰来感激地看着他，他也用一双盛满善良的大眼同情地望着我。向他点头致谢后，我走进驿站楼下的房间，里面是左右两排通炕，男人们正坐在上面喝茶吃饭。见我进来他们都惊讶地瞪着我，我立即意识到自己不该在这里出现。手足无措之时，那少年又悄悄走近，指着墙角处一段窄小隐蔽的楼梯，示意我从那里上去。

楼梯通向屋顶平台，我在平台上环顾一番，看到三个并排相连的小房间。房门开着，其中一间的地席上坐着两个女人，掀开了布卡的前沿正低头喝茶。我便向那儿走去。此时最好跟其他人待在一起，不然车子走了都不知道。

我走进房间，向她们笑笑算是打了招呼，随后蹲下来，摸索着地席慢慢坐下。我没料到自己已疲累到难以坐稳，身子一歪即滚倒在地，索性躺下蜷着，一时间只有闭目喘气的力气。

过了好一会儿，听到小男孩儿稚嫩的问话声，我睁开眼睛。在阿富汗乡下的旅馆或餐厅里，小孩儿常充当女客之间传话的媒介。

"你吃什么？"小男孩儿问。

我脑子里一片空白。阿富汗的食物几乎一成不变——馕、烤肉、生洋葱片或番茄片，早已令我丧失了食欲。不知有多少天，我都是靠着几包饼干和一些水果度日。

我微弱地说了声"茶"，便又闭上了眼。

好像过了很久，也可能只是几分钟，小男孩儿端着盘子跑了进来，上面除了一壶热茶和一个杯子，还有两包饼干和一碟糖果。

我疑惑地坐起来，小男孩儿朝外边指了指。只见远处站着那个长身少年，他站在一个只有我能望见的位置，见我看过去，他向我招了招手。两个女子没坐在门边，看不到屋外，但意识到外边站着个陌生男人，就赶紧放下布卡遮住了颜面。

我定了定神，摇摇晃晃地起身走到他跟前。他羞涩地笑了笑，往我手里塞了两个洗好的青苹果，转身走了。我愣愣地看着他的背影，他的褐色长袍有点短了，没能遮全的长胳膊长腿露出一截在外面。

我回到屋里坐下，喝茶吃饼干。饼干很粗糙，勉强嚼了两口，在嘴里团团转着，却怎么也吞不下去。我手里攥着饼干，心下有些绝望，眼睛呆呆地瞥着墙角的垃圾。我知道倘若不吃东西，便没力气继续前进，便会辜负那个少年对一个异国陌生女子的真诚关怀，所以连喝几口茶，发狠吞下几块。

苹果放在茶盘边上，如同一片绿洲，温暖着我的眼和我的心。我看一眼，吃一口饼干，再看一眼，再吃一口饼干，热泪猛地涌出，喉头哽塞，几乎不能下咽。我双手掩面，手指间仍夹着块饼干。

将整壶热茶不假思索地灌进腹中后，我的精力稍有恢复，身体也停止了颤抖和摇晃，能坐得平稳些了。我的心神也缓缓安宁下来，刚才的万千思绪已化为一片平静。青苹果很涩很硬，我就着茶，一小口一小口地将它们都咽了下去。原先几乎感觉不到胃的存在，此时知道它开始正常工作。

不经意间抬头望向门外，却见那少年正站在远处往这边张望，手里提着两大串清水滴答的葡萄。他就那样一言不发地站在那里等着我抬头看到他。

我赶忙走出门去，来到他面前，凝视着他，露出感谢的微笑。他笑了笑，将葡萄递到我手上，转身下楼去了。

我把葡萄放到茶盘上。几个小孩子一见葡萄便两眼放光，聚在门口叽叽喳喳。我招招手让他们进屋吃，他们起先忸怩不安，经不住我反复劝诱，还是进来分了些去。我又请屋里的两位女子吃，她们刚吃完家人送上来的馕和烤肉，笑着拒绝了。我把葡萄一粒不剩地全部吃掉了。

回到车上时我感到神清气爽。剩下的路程，即使依旧是在无边无际的荒漠中颠簸，却没那么可怕了。

黄昏起风时分，车子终于来到了坎大哈。我下了车，少年从他的座位上往下看着我，我站在车窗外与他对视了一眼——这短短的距离是如此遥远！

我用当地话轻轻地对他说："Kho Da Hei Fei Zi！Kho Da Hei Fei Zi！"（再见！再见！）

他好似听懂了，非常纯真地笑起来，露出一口整齐的白牙。

然后，我目送着车子绝尘而去。

再见。

我知道，自己和这个自始至终未说过一句话的长身少年，大约是永不会再见了。

♣　♣　♣

虽然我并未放弃对那歌声的寻找，在阿富汗期间却始终未能搞清歌手的名字，直到某天有人告诉我，她并不是阿富汗的歌手，而是来自伊朗。

于是在伊朗的小城大不里士，我花了一整天时间去寻找。一个路遇的大学生自告奋勇地做翻译，带我来到他好朋友开的小小的音像店里。年轻的老板唇上留着修剪精致的胡髭，显得矜持而又彬彬有礼。

通过那个大学生，我详细地描述歌声带给我的感受。我说，那歌声悲伤时，就像是母亲失去了孩子，又像是牧羊人失去了他的羊群；快乐时，就像是对神的感恩与祈祷，带着春日般明净的温和。我回忆着歌声留给我的种种印象，反反复复地补充着解释着。

老板点了一支烟夹在指头上，安静耐心地听着我颠三倒四的描述，将几盘磁带放进录音机里让我试听。都不是。

"你等等，我回家拿些东西来。"

过了半个多小时，老板从家里拿来几盘不同歌手的磁带，其中一盘正是我苦苦寻觅的。

她的名字叫海德（Hayedeh），是二十世纪伊朗最受欢迎和最有影响力的音乐人之一，七十年代就已名声斐然。在霍梅尼作为伊朗最高领袖的时期，身居海外的海德在伊朗流亡者团体中唱着乡愁之歌，这些歌曲纷纷传回了伊朗。*阿富汗国内使用的几种主要语言与波斯语同属伊朗语族，交流起来无甚障碍，因此海德的歌声不仅传遍了伊朗，也传遍阿富汗。

充当翻译的大学生发现我所寻找的竟然是海德时，他的喜悦无法言表。他告诉我，海德的声音是灵魂的声音，有段时间他唯有夜夜听着她的歌声才能入睡。

海德和其他一些歌手的歌曲遭到了伊朗政府的封禁，在伊朗无法正式发售，只能在地下流传。街头偶尔会有一些无包装、无任何字样的复制品出售，一些音像店也兼营复制业务。我在小店里待了三个小时，等老板帮我把海德的五盘磁带和其他一些磁带复制出来。

把那八盘磁带最终交给我时，老板郑重地说："谢谢你能听懂。"

* 1979年，霍梅尼领导伊朗什叶派穆斯林推翻了巴列维王朝的统治，成立了政教合一的伊斯兰共和国，史称"伊朗伊斯兰革命"或"1979年革命"。由于宗教政府不允许伊朗女性在公共场合演唱，伊朗女歌手们被迫结束了在国内的职业生涯，一些人移居国外继续歌唱事业，海德也在其中。

我也郑重地回答:"谢谢你帮我找到了她。"

走出小店时,恍然发觉暮色已降临。

直到今日我仍在听这些磁带,那是人类灵魂的歌声,能够超越语言直抵心灵深处。倘若埋藏在我们心底的那些源于肉身和灵魂的悸动,那些源于生命和死亡的挣扎,那些对世界的热爱以及由此而生的喜悦与苦痛能够用歌声来表达的话,海德的歌声便是那样的歌声;透过她的声音,我们所热爱的那些纯洁、真诚、美好的东西得以展开双翅飞翔在苦难的大地之上,飞翔在我们头顶的明媚蓝天之中。

在反复的聆听中,磁带日渐磨损,海德的声音也变得有些沙哑。出于珍惜,我已很少再听,可是此刻,我拿出了这几盘磁带。她那深沉激越的歌声又一次回荡在小屋里,不仅让我的热泪再度从心底涌出,也让我的心得以越过北京春季满布阴霾的天空,飞到了永远。

第六章

陌生人穆利

该说到他了。

也许他曾告诉过我他的名字，但直到后来当我们站在沙赫伯家里时，我才仿佛第一次听到并记住了它。此前虽然他一直在帮助我，我却总是怀着戒心，将他当作一个陌生人。

陌生人。陌生人穆利。

许久之后的一个深夜，当我从梦中醒转想要睁开眼睛判断一下自己身处何处时，却恍惚觉得他正坐在身旁凝视着我，就像那天清晨在他奶奶家的小院子里当我睁开眼时，看见他正坐在身旁凝视着我，还看见他身后那三株站在曙光中的高而细瘦的白杨树。

于是我忽然醒悟，虽然我并不了解他，也再没机会去明白他，但他那张坚决而阴鸷的脸、他深不可测的双眼，连同他脸颊上那条冷酷的伤疤和他的名字，会长久地停留在我的记忆之中。

- 1. 在穆利奶奶家 -

在前往坎大哈的中巴车上，穆利坐在我身旁。他原本并不坐这里，这儿甚至也不算是个位置，但车子出发后不久，他就把他的座位让给了想坐在一起的一家人，毫无怨言地坐到了我身旁热烘烘的发动机罩上。

他会说英语。在旅途的颠簸中，在因劳累和衰弱而陷入的半昏迷状态中，我恍惚看见他微微转过脸说："别担心，我在这里。我会照顾你的，你会过得很开心，没问题。"

整个车上只有我一个外国人可作为他说英语的目标，但这些话毫无来由、非常奇怪，我不觉得跟我有什么关系，想也没想就闭上了眼睛。此后，偶尔会听到他喃喃地说着英语，但我几乎没有力气去听他在说些什么。

午饭过后，精力略有恢复，我坐直了身子。他手里拿着一个很大的硬皮笔记本，一路上不时打开来读读写写。当他在颠簸中又将本子打开勉力捉笔试图写下什么时，我瞥了一下。

虽然他几乎目不斜视，对四周的动静却很了然。他飞快地瞅了我一眼，主动说道："你想看看吗？"

"不了，谢谢。"

他还是把本子打开来递到我手上，说："这是我写的诗。"

这厚厚一本笔记本上果然整整齐齐地写满了从格式看去像诗的各种文字。后面几页，是他用英语记下的片断感悟。

我并不想介入他的内心，因此没有细看，很快将本子还给了他。

他身着黑色长袍，戴着副窄窄的金丝边茶色眼镜，黑色眸子注视着车前空无一物的远方，淡褐色的脸庞上凝固着一丝嘲讽般的漠然微笑，右颊上纵切而下的一长条伤疤给他瘦削的脸庞增添了一股凌厉之气。他的双唇薄而宽阔，不言语时紧紧抿着，说话时则微微掀动，话语就像一股烟尘从唇间逸出——清晰、简短、冰冷。

突然听到他又在讲英语，我转过头来，见他面无表情地目视着前方，说到达坎大哈后我可以住在他家，因为旅馆很不安全。我未置可否。虽然我常常自信于对人的判断，对他却毫无头绪，这让我心里不安，只好尽量避免和他交谈。

车子穿过沙漠，驶近荒凉破败的小镇和乡村，又逐渐远离，进入荒漠。

"坎大哈！坎大哈！"猛然听到车下有人喊。车子在黄昏时到达了坎大哈。

他从发动机罩上站起身来，一把抓起我放在脚下的大背包便走下车去，我只好紧跟着他。除了那本笔记本，他没有任何行李。

目送车子离去后，我发觉自己正站在一条灰败的水泥街道上，两旁是没有灯光的阴暗的杂货店。可以看出这是坎大哈的郊区，街上只有一两个行人匆匆忙忙地走着，晚风乍起，地上的垃圾被吹得团团乱转，几个空塑料袋晃悠至半空。

坎大哈，阿富汗的第二大城市，荒原般空旷。

"你想去哪家旅馆？我可以帮助你。"站立片刻，他开口说道。

"我也不知道，先去找几家试试吧。"我没有拒绝。面对这荒凉与空旷，我对自己的孤单处境蓦然生出一丝害怕。

他说自己是坎大哈本地人，对旅馆的情况一无所知，但可以帮我打听。"我们不能就这么走去旅馆。你在这里等着，我去找辆车子。"他断然说道，不等我回应便往远处去了。

我站在原地等待。在不知他是什么人的情况下，这样的等待似乎有些危险，但就我身处坎大哈的实际情形而言，当下的最好选择就是等待。

五六分钟过去了，他还没出现，我未免有些疑惑。当时我穿着在巴基斯坦买的那套绿色的长裙长裤，头上裹着白色披肩，这身打扮在当地人看来也许十分突兀怪异。整条街的男子，或远或近，店里的或路上的，都向我投来盯视的目光；几个小孩儿更是嬉笑着跑到近旁打量，还捡起小石头朝我扔过来。

我第一次体会到四周明显的敌意，有些忐忑不安。

又过了一会儿，他总算回来了，坐在一辆三轮车上。车子还未停稳，他就叫我上车，眼见得又有几个捏着石头的小孩儿跑了过来，我毫不犹豫地背着行李上了车。车子开动了，小孩子们愈加兴奋，追在车子后头胡乱叫喊，石子砸在车篷上砰砰作响。

"这是去哪儿？"

"旅馆。"

"忘了跟你说，我只住得起普通旅馆。"犹豫了几秒，我告诉他。

"我知道你没钱。"他说着，并未看我。

三轮车停在一栋破旧的楼前，他迅速付了车费，拎起我的行李大步穿过走道进入一个院子。院子由四栋五层楼房合围成一个"口"字，中间天井处停了几辆车，四周堆满了杂物和垃圾。

我们先走上三楼，经理室在这里。他跟一个貌似经理的人说了些什么，转身告诉我："两美金一晚。"

我说："先看看房间吧。"

经理便叫人领我们去看房。那人边走边扭头很不客气地打量着我俩，穆利视若无睹，继续昂首阔步。这些楼房好似教学楼，一条贯通的走廊，一边排列着一模一样的房间，另一边则是栏杆，对着天井。

那人打开一间房的门，只见屋子八九平米大小，除了铺在地上的一张颜色莫辨的垫子和旁边一盏堆满烛泪的铁烛台外，空荡荡的别无他物，就像个山洞。屋里有扇挺大的窗子，面向走廊，没有窗帘，缺了一块玻璃。

"没有窗帘吗？"我问。

那人听了穆利的转述，瞄了我一眼，大约觉得我很麻烦，但他还是将肩膀上搭着的头巾取下来展开，到窗前比画着想挂上去，可头巾不够大。

看到他不耐烦的样子，又想到院子里还住着几十个虎视眈眈的男人——刚才一边上楼一边感受着从各个角落射来的目光，底层天井处也开始聚集抬头观望的人群，我感觉无论如何都不能住在这里。

"还有别处吗？这里不行。"我问穆利。

我们去了不远处的另一家旅馆，也是一个闭合的院子。我在底层环顾了一番，见情况与上一家大抵相同便往外走，准备去第三家。

穆利忽地停住脚，神情急躁地说："你能否等等我，我要去玩。"

去玩？什么意思？

"去多久？"

"大概二十分钟。你在这里等一下，我很快就回来。"

"去哪里玩？"

"随便一个地方，只要二十分钟。"

我完全摸不着头脑，可也不愿在此孤身等待。"我不想在这里等着，你去吧，我自己去找旅馆。"虽然这么说，我却并不真的希望独自去找旅馆。我发现自己似乎对他产生了一种莫名的依赖。

他焦灼地说："那怎么行？要不你先去我奶奶家里等

我，我先去玩，再陪你去找旅馆。"

我同意了。既然都不算安全，相比而言他奶奶家貌似还是个较好的去处。

我们坐上另一辆三轮车，车子开了五六分钟便离开大路拐进一片平民住宅区，四处是平整的土坯小院，铁门紧锁。我默记着车子行经的路线。穆利则坐立不安，十分焦急。

不等车子停稳，他便一个箭步跳下车，匆忙付费后拎着我的行李直往巷道里奔去，我在后面紧跟着。他走到一个院子跟前，拍门叫道："奶奶！奶奶！"

过了好一会儿，小门才打开，一个披着黑色头巾的驼背老人倚在门口。穆利指着我跟他奶奶说了些什么，接着我们一起走进去，他在院子中间的地席上放下我的行李。

"你先在这里休息下。"说完他走到院子边上水沟旁放着的小水罐前洗手洗脸。

我很熟悉这个举动，顿时明白自己刚才听错了，他不是要去玩（play），而是要做祷告（pray）。我哑然失笑。后来我想自己之所以会听错，大约还是缘于内心对他怀有疑虑。

洗漱完毕，穆利将搭在肩上的头巾取下铺展在席子上，在上面赤足跪拜祈祷。

我坐在席子上打量四周，穆利的奶奶坐在对面看我。

这是一个在阿富汗常见的土坯小院，南边是几间排成一排的黄泥小屋，另外三面是围墙，西北角上站着几株小白杨。院子里很安静，头顶是空阔的蓝天，风声在白杨的细碎叶间悄然穿行。

礼拜完毕，穆利拾起头巾抖了抖，叠好后重新搭在肩上。"好了，可以去找旅馆了。"

这儿的气氛宁静悠闲，休息一阵后疲倦迅速翻涌上来，我懒得再动弹。穆利曾说我可以住到他家里，我并不想住他家里，但是否可以住在这里呢？我便问他。

他问了奶奶后，对我说："没问题。不过我奶奶明天上午要到乡下去看她弟弟，你只能住一晚。"

老人、空寂的小院、安静的白杨，这一切让我觉得这个选择是正确的，住在这里也许比住在那些旅馆里要安全得多。

既然决定住下来，身心便开始松弛。穆利问我想做什么，饿不饿。我说我很累，假如可能，我想洗个澡。

"你可以洗澡，"他指着院子角落的一间小房子，"那儿就是洗澡的地方。"

真是大喜过望。在阿富汗，洗澡算是个奢侈行为，即便是在喀布尔，我也只能偶尔在旅馆厕所里飞快地擦洗片刻。

穆利弯腰走进一间小屋看了看，那是水屋，正中是个连着水管的很大的塑料蓄水桶。坎大哈城每天早晚定时放水，家家按时接水存放在蓄水桶里。他告诉我，不巧这两天全城停水停电，蓄水桶里没多少水了，但外面的公共蓄水池里还有水，他可以给我提一桶来。

尽管这会有点麻烦他，可洗澡的愿望是如此强烈，我还是请他帮忙。他很快提来了水，又带我去洗澡的杂物间里看了看。

"晚饭想吃什么？我上街去买。"

"随便什么都行。"

他出门了，奶奶把院门重新锁上。我走进了杂物间，小小的空间里堆满了木柴等物，边上有条水沟。我把水沟旁的东西挪了挪，腾出块地方，把脱下来的衣服放在柴堆上，然后用杯子从桶里舀水慢慢擦洗。

洗完澡换上一身干净衣服，感到自己焕然一新。穆利也回来了，胳膊底下夹着一卷大饼，手里提着个塑料袋，里面是洋葱和鸡蛋。

"赛玛，今晚我来做炒鸡蛋。"

天色有点暗了，他点上马灯让我提着，自己从屋里搬出一个煤油炉。点上火，他把一个大铝盘架在炉子上，随后蹲在地上，一只手拎着一小罐黄油，另一只手捏着一把大勺子，等着盘子烧热。

我站在一旁，手里举着灯。盘中那块黄油慢慢化开，冒出香气，眼前是他的乌黑卷发和结实颀长的背脊，这场景里有一种既熟悉又遥远的亲密，让我有些恍惚。他专注地盯着盘子。

* * *

　　月亮升起来了，我们在明亮的月光底下吃晚饭，晚风徐徐吹来，很是清爽。奶奶很老很老了，可能得了白癜风，脸上皮肤有些斑驳，所以她不怎么看人，总是低垂着头或者用头巾遮挡着脸。

　　吃饭时奶奶看看我，对穆利说了几句话。他扭头告诉我："我奶奶说你是个好女孩儿，从你吃饭的样子就能看出来，你又听话又能干。"

　　我捏着块饼子正要往嘴里送，听到这话不由得笑出声来。又听话又能干？我妈妈要是也能这么想就好了。虽然很想直接跟奶奶说说话，可我知道的普什图语单词就那么几个，只能傻傻地对着她笑了又笑。

　　晚饭后我们坐在席子上乘凉。奶奶常常起身弯着腰在小院里四处走动，面朝他方喃喃自语，又或是长久地发呆，似乎沉浸在一个外人无法了解的世界里。

　　"你奶奶在说什么？"

　　"她在和我爷爷说话。他已经死了很多年了。"

我怔怔地看着奶奶。每个人面对的世界是不一样的。

"她一个人住在这里吗？"

"是的。"

"为什么不跟家人住在一起呢？"

"她不愿意，就是要一个人住。"

"可她年纪已经很大了，有时也许会需要别人的帮助。"

"她身体很好，还在教《古兰经》。"

"教《古兰经》？"我有点惊讶。要知道，阿富汗妇女大都不识字。

"我们全家原先都是教《古兰经》的老师。"

穆利的爸爸和爷爷都是教授《古兰经》的学者，他自己也曾在坎大哈的一所宗教学院里教授《古兰经》，美国人来了以后他不能再教《古兰经》，只好去教英语和阿拉伯语。目前他在联合国下属的一个机构里上班，帮欧洲人做事。

"你觉得塔利班怎样？"踌躇了一下，我问道。

他正色告诉我，在普什图语里，塔利班是指学习和研究《古兰经》的学生。他说自己曾经就是个塔利班。

"我是指……现今的塔利班军队。"

"他们不坏。"他简短地说。

这样的评价我并非首次听说,尤其是在阿富汗南部。从十九世纪起,阿富汗便饱尝战乱之苦,英国人、苏联人发动的侵略战争结束后,它又陷入血腥内战的旋涡。塔利班武装就是在这样的背景下于1994年成立的。成立之初,塔利班提出"铲除军阀,恢复和平,重建家园"的口号,逐步树立起锄强扶弱的形象,因此获得了多数民众的拥护,势力不断壮大,终于在1996年夺取了阿富汗的政权。

只要能得到相对的和平与安宁,饱受战乱摧残的普通民众宁可接受塔利班后来制定的种种严苛法规;也正因如此,他们对美国人发动的反恐战争则不无排斥与反对。

身为阿富汗之外的人,对一些事情最好别轻易下判断。我这样想着,看了看穆利。

无论说什么,他的神情都带着几分漠然与疏离,好似游离于话语之外，他的表情、眼神和他的话语仿佛相互隔绝、毫无关联。他有时望着前方，好像围着围墙的前方是一个目不可测的远方；有时看着我，但他看着我时，我却感觉自己变成了一个自己也看不见的远方。

跟很多人一样，我往往基于对方的言行举止来判断其内在和我自己的处境，可是在穆利面前，这些经验几乎派不上用场。我时常由于不知该说什么而沉默着，一边听他说话，一边抬头看看月亮和月亮旁边的孤星一点。

"你读诗吗？"他问。

"嗯，有时会读。"

"你想读我写的诗吗？"

"……我看不懂。"

"我可以翻译给你听。"说完他拿出笔记本，凑到马灯边上，"你读过《古兰经》吗？这首诗与《古兰经》有关。"

"读过。"

"真的吗？"他看着我，瞳孔里的黑像是凝聚了起来，"你信仰真主？"

"不，我不信真主。"

"那你为什么要读《古兰经》？"

"我想了解这个世界，《古兰经》是世界的一部分。"

他立即纠正我："不，不是一部分，是全部。这个世界上只有一本真正无价的书，那就是《古兰经》。"

他又问："你的信仰是什么？你们中国人，哦，也许是佛教？"

或许在他看来，人拥有信仰是件天经地义的事。我既不想告诉他当下的中国并没有什么普遍的信仰，也不能用佛教来含混地蒙骗他。对我来说，向这样一个深具信仰的人承认自己没有信仰是一件多么难以启齿的事情。我在路上寻找的是什么？难道不是内心深处的信仰吗？

可我只能诚实地说："没有。我没有信仰。"

他看了我一眼，没有追问。

他告诉我这首诗的大意，关于嫉妒和谣言，出自先知穆罕默德的妻子阿以莎被人冤枉的故事。虽然难以根据他的叙述去衡量他的诗，但我能感觉到他是个认真思考的人。也许他的出发点只是《古兰经》，但他在思考着，对人性方方面面的考量需要一个坚实的出发点，他的出发点至少是凝重的。

"你觉得战争结束了吗？"我问。其实我的思绪一直游离在诗歌之外。我觉得在这儿，在曾经炮火纷飞的坎大哈谈论诗，在这四面高耸的围墙里谈论文学或艺术，多少有点奇怪。

"没有，不会结束的。"

我讶异地看看他。"你不希望战争结束？"

"我只希望该结束的结束，不该结束的永远也不会结束。这是真主告诉我们的。"他漫不经心地说道。

我沉默下来。他凑近灯，继续向我解释另一首诗。我没记住。

"你的生活是怎样的？"他放下了笔记本。

"就像这样，走来走去。"

"这就是你的生活吗？"

"是的。这是我喜欢的生活。"

"你的将来呢？我的意思是，将来你想过怎样的生活？"

"将来？也许是简单的、平静的生活。"

"你怎样维持你的生活？"

"我需要的不多，赚到能使我生活下去的那点钱还是不难的。"我淡淡地说。

他端详着我，好像在研究我。"你赚的钱很多吗？"

"不。和别人相比，很少。"

"很少……是多少？"

我在心里迟钝地换算了一下。"平均下来，每个月不到一百五十美金。"

"确实不多。凭这点钱你是怎么来到阿富汗的？"

我笑起来。"只要想来，我就能来。你知道的，如果人们想去哪里而去不了，往往不是因为没有钱。"

"你喜欢观察别人的生活，是吧？"

"嗯，我想从别人的生活里去体会人生的意味。"

"你喜欢观察人们的生活，那你自己的生活呢？"他尖锐地问。

我自己的生活。当我看过那么多人的生活之后，自己的生活反而不太重要了，或者说，我试图越过自己生活的界限去发现生活本身的意义。

可是，意义。从识字起我们就被告知"意义"。关于意义的意义已经根深蒂固，不可动摇。我忘不了意义，可若能忽略或忘却意义，也许更好。

我们的谈话如此直截了当，让我有点吃惊。他好像具备一种深刻的洞察力，并据此来询问我探究我，可从他冷漠的脸上又无法看出任何端倪，这让我更为诧异。

"在你们国家，妇女是贞洁的吗？"

"你说的'贞洁'是什么意思？"我问。

"就是，嗯，处女。"

"在阿富汗，这很重要吗？"

"很重要。假如丈夫发现妻子婚前不是处女，可以不要她。"

"在我们国家，以前这很重要，如今不了。那么阿富汗的男人呢，你们自身贞洁吗？"

"不。你知道的，这里有妓女，她们从外国来，土库曼斯坦、塔吉克斯坦，无耻的女人。"

我很想问他为什么要用"无耻"这个词，以及什么才是"无耻"。但我没问。"阿富汗的姑娘不这样吗？"

"那她的家人会杀了她。"

听到这轻描淡写的"杀了她"，一股寒气从脊梁骨冒出来，我打了个寒战。我想起那些因所谓的通奸罪而被人用石头砸死的女人。

"这儿的男人找妓女吗？"

"不多，"他直直望着我，"他们更喜欢找男孩儿。你知道我是什么意思吗？"

他的脸似乎微微抽搐了一下。我有点怀疑自己的眼睛。

我想问他："那你呢？"话到唇边硬是吞了下去，这个问题太危险了。

以往与人谈论此类话题时，我会刻意挑在公众场合，尽量避免煽动对方的欲望。现在我并不了解他，却和他在这个僻静的院子里谈论这些，无疑是有些危险的。奇怪的是，此刻我并不觉得危险。不知这种判断从何而来，难道是因为他年老体衰的奶奶？难道因为这是个家居小院，或是因为那几棵高高的白杨树？

"说到女人的贞洁，你不认为男人也应该是贞洁的吗？"

"是的。有的人只会做那种特殊的动作，那很恶心。"

我不明其意，他又重复了两遍，我才恍然大悟。"special action"，他挑了这么个词。

"要是男人和女人只会做那个动作，就像动物一样没有灵魂，只会让我恶心。你不觉得吗？"

"有些人是那样的，但我不想干涉别人。不过，如果贞洁不光是指处女的话，我相信贞洁能帮助一个人保持内心的力量。"

是的，我相信干净的生活与人内心的力量之间有紧密的联系。

"不。肮脏的人不应该活着，他们应该早点去死。"他的语气变得怪异。

我谨慎地打住了，没再说下去。关于死亡，难道他还没看够吗？

一时我们沉默下来。灯光照着我们的脸，安安静静的。他坐在那儿一动不动。

沉默让我感到安然。我熟悉沉默，也熟悉沉默空气里的压力，而在此刻的沉默中我并未感觉到什么紧张的令人不安的东西。虽然不能断定接下来会怎样，至少眼下是没有危险的。

"赛玛，你的手脚怎么苍老得跟我奶奶的一样？"

我低头看看自己的手足，长时间曝于风尘日晒中，它们早已表皮糙裂。

"因为走了很长的路。"

我轻轻摸了摸脚跟，上面长出了厚厚一层老茧，还裂了许多小口，污垢嵌入皮肉难以清除。脚是用来走路的，我没有虚用它们。

突然间听到他问："赛玛，你会嫁给我吗？"

我大吃一惊。"不！不可能！"

"为什么不可能？"

"为什么可能？"

他注视着我。"你脸上有穆斯林的光辉，在车上我就注意到了。你应该成为一个穆斯林。"

太出乎意料了，我简直无话可答。

"'万物非主，唯有真主。'只要你皈依了真主安拉，我们就可以结婚了。你看，很简单。"

我怎样才能令他知晓这并非简不简单的问题，我只是一个陌生人、一个过路人而已。

独自一人在路上，难免会碰到男子的示爱甚至求婚，有时是儿戏，有时是膨胀的欲望或赤裸的调情，有时却是改变生活的渴望——当人们厌恶了自己的生活时，常常会误以为来自远方的陌生人具有一种新鲜而刺激的力量，能将自己的生活改头换面。然而，力量存在于内心，倘若自己没有力量，别人也无法给你。

即便是我们正在谈论的话题也没能改变他严肃冷漠的表情，我看不出他的心意。

"我目前一个月挣二百美金——很多，在阿富汗够你用的。我还会给你买房买车，大房子，有一个院子。我会给你一份舒适的生活，我们会生很多孩子，你喜欢孩子吗？"

这一切变得有点莫名其妙。我笑了笑。

"你挣的钱确实很多，比我挣得多，可是你看……"说到这里，我发觉自己竟然还不知道他的名字，他在车上告诉过我，我没记住，"即便到现在，我对你来说也还是个陌生人。我只是到你们的国家来看一看，并不想在这里找个丈夫，而且过几天我就会离开坎大哈，怎么可能跟你结婚呢？"

"这些都不是不能结婚的理由。唯一的障碍是，你还不是一个穆斯林，但这很好解决——如果你爱我，就会改变你的信仰。"

我睁大眼睛，深感语言的无力与荒诞。我只能重复地说："不可能。"

他坚决地盯着我。"如果我说'我爱你'，你有什么感觉？"

"我会想，那不是真的。"

"为什么不是真的？"

"要是真的，我能感觉到。我并没有感觉到。"

他冷冷地望着我，仿佛我们谈论的是天气或晚饭的炒鸡蛋。

"你还这么年轻，为什么不相信爱情？"

"我只是不相信给予的爱情——来，这是爱情，你拿去吧。不，我不相信。"我一本正经地回答。眼下的情形与爱情根本无关，我想他也知道。

他继续饶有兴味地盯着我研究，带着一种难以描述的优越感，好似猫看老鼠。

我想转换话题，问了几句坎大哈的情况。

他没理睬，继续问道："你离开阿富汗后想去哪里？"

"伊朗。"其实我还没确定之后是去伊朗还是土库曼斯坦，但我想给他一个目的明确、与他毫无关系的印象。

"我可以跟你一起去。你一个人走太危险了，女人不该一个人出门，你需要我的保护。"

"别忘了，遇见你之前，我一直是一个人走！"

"遇见我之后就不一样了，我应该保护你，你不能拒绝别人的正当保护。"

我当然毫不迟疑地拒绝了。

他转而说道："你明天住哪里？你可以住我家。家里有我的父母和兄弟，我用自己挣的钱为全家付水电费，所以我有一个单独的房间。我的父母不太好，但你不用管他们，你可以直接住到我的房间里。

"我的房间很大，里面什么都有，你会很舒服也很安全。不过我有几个习惯，必须提前告诉你：第一，我会抽烟，我也喜欢抽烟，直到十二点；第二，我会看电视，接着看录像和电影，直到十二点；第三，我睡觉时不喜欢穿衣服。只有接受我这三个习惯，你才能住进去。"

我简直不敢相信自己的耳朵，一切正在变得荒唐起来。我不得不提醒他，我根本不想住到他家去，明天一早我就去找旅馆。

他不再说话。我扭头看看，奶奶躺在席子上，或许早就睡着了。

这样的谈话很累，也令人厌烦。我说："我很疲倦，今晚我能否在这里不受打扰地睡一觉？假使不行，我并不害怕坎大哈的黑暗，现在就可以离开去寻找其他住处。"

"你不用离开。你睡吧，我不会打扰你的。"

我在席子上找了块地方，把奶奶拿给我的枕头放好，躺了下来，盖上自己的衣服。

穆利开始做晚祷。

我看着他的背影。他直立着，双手合十祷告，跪下，磕头，再起身祷告，跪下，磕头……他身高腿长，体型匀称结实，行动轻盈敏捷得像头豹子。即便他只是静静地站在那里，也有一股迫人的戾气直逼过来。

不知今晚会怎样，我既相信他，又不敢相信他。躺在席子上仰望天宇，月亮已升至半空，月光通透如银粉洒地，高高的白杨树宛若站在云端。这样的夜晚，在漫长的旅途中是多么珍贵的慰藉啊。

爱情。我在路上并非要寻找爱情，更不需要施舍的、饥不择食的爱情。忘掉那狭隘的爱情吧，还有比它更重要的，那就是世界和生活本身。也许这当中包含着回避，也许这回避会对我有所伤害或没有伤害，可终归无害于他人。

做完礼拜后，穆利在我脚那头横躺下来。起初我还满怀疑虑和戒心，强撑着不敢轻易入睡，稍有迷糊就会逼迫自己警醒，竖起耳朵倾听他的动静。他那边却一直鼻息均匀，显然已经睡着。

过了一阵，我觉得这样实在可笑，索性心下一横：坚持不睡有用吗？即便真要发生什么事，也得休息好了才能对付。这样一想，疲倦很快压倒了我，我睡着了。

睡到半夜，蒙眬听到他那边传来一阵窸窸窣窣声，我悚然惊醒，偷偷眯眼瞧着。月光底下，他高高地站在身旁俯视着我，看了那么久，久得我几乎要睡过去。忽然他一扬手，将一块布由头至尾轻轻覆盖在我身上。接着他又躺下睡了。

坎大哈的夜晚很凉，月亮很好。盖在身上的布带着股浓重的男子气味，是他盖的东西吗？那他正盖着什么？不管了，今夜应该不会有什么事了。我终于放下心来，沉沉睡去。

✤　✤　✤

再次睁眼已是晨光熹微。我是因为感觉到什么而蓦然醒来——穆利正坐在身旁一动不动地凝视着我，他背对着曙光，身后是三株高而细瘦的白杨树。

在那个天色曚昽的清晨，我一睁眼就看见他的脸，看见他那不动声色的黑眼睛，还有他脸上那条伤疤。我们默默地对视了一会儿，但这对视并无交流的意味，一堵看不见的墙横亘其间，让我完全不明白他的内心。而他很有把握地收藏着自己的内心，一丝一毫也不外泄，就那样高高在上地俯看着我，我只是在下面承受着他的凝视。

这样的对视如同一种暗暗的较量，毫无缘由，却可能导向难以预料的方向，令人不安。我率先移开了目光，望向墙头。

"赛玛，我要做祷告了，可以把头巾还给我吗？"他问。

头巾？茫然一看，原来夜里他盖在我身上的正是他的头巾。我立即直起上身，揭下头巾还给了他。

他将头巾抖一抖，铺到席上，开始做晨祷。

我强睁着眼，坐着看了一会儿，不知不觉又躺倒睡了过去。

后来听到有人叫我的名字，睁眼一看，刚才泛着灰的天空已经亮了。穆利已洗漱完毕，穿得整整齐齐坐在我旁边。

"赛玛，我要去工作了，你也要离开了。你不是有相机吗，你不想给我拍张照片留念吗？"

"你想拍，我就给你拍。"我睡意浓重地爬起来，从行李里摸出相机，给他拍了几张。

我就这样留下了他的照片。我虽带着个小相机，却常常不好意思将它拿出来对准别人，也就常常忘记使用它。人们通常认为照片可以让记忆凝驻，或许穆利也想通过照片留在我的记忆里。但他不知道，对我来说，关于情感的记忆比照片更真切，也更恒久。

我还想给奶奶拍几张，四处寻望却没看见。穆利说奶奶出门散步去了。

"你的相机很小。"他看了看放在一旁的相机。"你能再考虑考虑我们一起去伊朗的事吗？你需要我，我知道你需要我。我也知道你没多少钱，我有很多钱，你不用担心钱，我可以给你。"说完他从长袍下的裤子口袋里掏出钱包，抽出几张钞票放在席子上，"这是四百美金，够两个人去伊朗了吗？"钱包敞着，露出一沓绿色美钞。

"我不需要你的钱，也不需要你跟我去伊朗。我希望一个人走。"

他沉默了片刻，又问："你什么时候离开这里？"

"等你奶奶出门，我就跟着离开。"

"我不知道奶奶什么时候才出门。"

"你的意思是希望我赶快离开吗？"

"不。我先去公司办点事，然后回来。你能等我回来吗？我会陪你去找旅馆。"

"好，我就在这里。"

他起身离开了，胳膊下夹着那个写满了诗的笔记本。

- 2.邻居 -

穆利走后，我继续睡到大约七点，奶奶才散步回来。此时已艳阳高照，荒漠中的阳光将人灼烧得无法入睡，我虽十分困倦，也只好爬起来。洗了把脸，我和奶奶一起将席子搬到屋檐下的过道里，随后便坐在那儿抱着膝盖发呆。

不久几个孩子跑进院里，在席子上坐下来。奶奶手拿着经书，口齿不清地教他们诵读，他们将书放在小椅子上，自己跪坐在椅子前摇头晃脑地跟读。我在一旁看得有趣，他们也不专心，脑袋转来转去地看我。

一个女人拿着笤帚走进来，大约是来帮奶奶打扫院子的。她扫了两下，看见我这个陌生女子，愣了愣，把笤帚一扔就跑了过来，拉着我的手笑看个不停。她指指学经儿童中的一个女孩儿，又指指自己，估计在说那是她的孩子，然后嘴里直说着"家、家"，拉着我的手就要往外走，让我去她家。我问她家在哪儿，她指了指墙那边，原来是一墙之隔的邻居。

我对她笑笑，指了指笤帚，她也笑了起来。我与她一起将院子收拾打扫完毕，便跟她去了隔壁。

和穆利奶奶家相比，她家的院子相当大，许是人丁兴旺的缘故，不仅多出好几间房，屋里还有必要的电器，显得整洁又殷实。家人都外出了，只她一人在家。

她先带我来到像是客厅的房间里，让我在席子上坐下，转身端来个电热水壶烹茶。喝完茶，她拉着我的手把每间房都参观了下，比画着告诉我房间各自的用途。

她又带我进入最里面那间房，可能是男女主人住的正屋，地上铺着红色的化纤地毯，墙上凿了个壁橱，放着一台电视机和一台老式的大录音机，一面椭圆的梳妆镜挂在墙上。她打开一个盖着红毯的大箱子，一件件地拿出些小电器来给我看：飞利浦的电吹风、电熨斗，奥林巴斯相机。她把相机从包装盒里取出来，脸上现出一筹莫展的表情，接着把相机放到我手上，想让我教她怎么使用。

"说明书呢？"我问。看她不明白，就自行在包装盒里翻找，找到了，只有英文，难怪他们看不懂。我正琢磨该怎么教她，她却做出"别管它了"的手势，把相机放回了盒里。

她从箱子里取出几本相册，拉着我的手在地席上坐下。她指着照片，笑容满面地说着"儿子、儿子"，像在说一件珍宝似的，眉眼里带着无比的疼惜。我原本并不知道普什图语里的"儿子"该怎么说，却马上明白她说的就是"儿子"，也由此学会了这个词。

"新加坡，学校。"她又说。她儿子在新加坡的大学里念书，相册里的照片是他托人捎回来的。那些小电器也是他托人捎回家的，一直被当作纪念品珍藏在箱子里。

照片上的小伙子二十岁左右，明亮的黑眼睛，瘦削的脸，刮得干干净净的铁青下巴，整洁的带着熨痕的衬衣和牛仔裤。他和打扮、肤色各异的同学在长条木桌旁碰杯，在装饰豪华的酒吧里唱卡拉OK，勾肩搭背地站在各式精美的建筑前面。他坐在简单干净的学生宿舍里，雪白的墙上挂着一幅英文的阿富汗地图，桌上是各种厚厚的词典和书籍。在迪士尼，他像其他游客一样怀里抱着只大大的米老鼠玩具，俯下身凑到镜头前微微笑着。

他的脸年轻而忧郁，眼睛黑得像个内核，里面种着忧郁的种子，偶尔露出的笑容也很清淡。这个年轻的阿富汗人在异邦过着西化的现代生活，面对都市的繁华、物质的丰富以及各种诱惑，他将怎样回想家人和这个战乱而贫穷的国家，又将怎样平衡内心里祖国和异国、故乡和异乡的位置？

就他的年纪而言，大约会有些困难。

我低头翻看着照片，身边的女人在滔滔不绝地诉说，仿佛我不是异乡人，而是一个能了解她所思所想的同族女子。我也真的理解她所说的话，理解她对儿子绵绵不绝的思念和骄傲。对他人的感同身受不一定要通过语言。

看完照片，女人的丈夫和放学的孩子们都回来了，便一起坐在屋檐下喝茶。她丈夫看上去年纪比她大，发顶半谢，花白大胡子乱蓬蓬的，性情开朗爽直。

正当大女儿围着我问各种问题时，有人敲响了院子的门，还说着什么。是穆利的声音。这家的所有女子都躲进了里屋，小男孩儿前去开门，我和男主人留在过道里。

穆利走进院门，他的衣服和头巾已然换过，显得整齐干净。新换的袍子仍是黑色的，黑得那样隆重而严肃。

情形变得有些微妙。穆利早上离开时让我等他，我等了，或许他会以为在坎大哈我只能等待和依靠他。现在我来到这里，也就找到了今晚的住处——我相信只要开口，这家人就会慷慨地允许我在他们家里住下。也就是说，即使没有穆利的帮助，我也可以找到住处。不知他会怎么想，可一如既往，从他冷漠的脸上我看不出任何端倪。

我们仨喝了会儿茶。穆利很得体地与男主人唠了唠家常，接着对我说："我们该走了。"

"去哪儿？"

"你不是想去找旅馆吗？"

"我不想去找旅馆了，我不喜欢旅馆。我可以住在这儿，应该没问题。"

"他们很穷，住在这里你会不习惯的。"他用一种奇怪的口气轻轻说着。

我没接茬。他说他们"很穷"，让我心里很不舒服，也显然不是事实。

男主人在一旁看着我们说话。他虽然听不懂，可他那长着花白大胡子的脸上挂着善良的笑容，是那种一眼望去就令人信任的笑容。

"没关系，你不用操心，我在怎样的地方都可以住下来。"

"他们没有钱，他们是穷人，你不能骚扰他们。"

"我不会骚扰他们的，假使他们需要，我会付钱给他们。"

他不说话了，转过脸去继续得体地跟男主人聊天。

随后他又转头说道："他们不会说英语，这对你很不方便。我考虑过了，你可以住到我的一个朋友那里，他虽然只有十五岁，但会说英语，可以帮助你。在坎大哈这个地方，你需要一个会说英语的朋友帮助你，不然太危险。"

这几句话倒也不无道理。我有点迟疑，又有几分好奇：迟疑的是自己当前的处境，好奇的是他到底是怎样的人，他的朋友又是怎样的朋友。

或许有点冒险，但从昨天下午到此刻，若要发生什么意外恐怕早已发生，不必等到明后天。他的言行虽然有点怪异，但我大致能断定自己是安全的。此时此地，接受他的建议也许更稳妥。

"好吧，那就先过去看看。"

他看了我一眼，跟男主人说了几句，然后转过头来。"你需要一个布卡，"他的口气不容置疑，"没有布卡，女人不能上街。"

这种口气令人不快，好似我已变成他的附属物。但我没有表露不满，只是告诉他我有一个布卡，我可以穿上它，但那样就无法背着三十斤重的背包了。他已经换上了干净衣服和头巾，这样衣冠楚楚的显然也不适合背着那个脏兮兮的外国人的大背包走在大街上，更别提还要带着我。

我们商量了片刻。因他奶奶准备出门，他建议我把行李先寄放在这户人家，我们去他朋友家看看，若是我决定住那里，他回头再来帮我取行李。这个建议很合理，使我对他更加放心。

穆利先去奶奶那儿把我收拾好的行李拎了过来，奶奶也跟着来看了看。我取出在喀布尔集市上买的那副沉甸甸的布卡，拿在手里琢磨着。穆利跟男主人说了句什么，男主人望着我笑了笑，站起身来。

"你跟他进屋去，他女儿会教你怎么穿布卡。"说完穆利悠闲地端起了茶杯。

于是这家的女儿手把手地教我如何穿戴布卡，正如在伊朗时一个小姑娘教我如何系好伊朗的头巾。

裹在蓝色的大袍子里，我告别了穆利奶奶和她的邻居一家，告别了那个长着三株白杨的土坯小院。

♣　♣　♣

一出门，穆利便目不斜视地大踏步走在前头，也没回身看看我能否跟得上。我穿着布卡，一时还不适应，努力从眼睛前方那窄窄的格子缝里找路，跌跌撞撞走得很慢。我们走了好久，换了好几种交通工具——皮卡、公共汽车、小巴、三轮车，我根本来不及注意经过了哪些地方。直到后来，我在沙赫伯那儿看到了坎大哈的地图，才知道穆利带着我穿过了整个坎大哈城。

在公共场合，穆利从不与我交谈，毕竟只要一开口就会显露一件事：他带着一个可疑的外国女人。我也知趣地缄口不言。

布卡构成了一个幽闭狭小的空间，能看到的永远在"外面"，所感到的则总在"里面"，自己的喘息又急又热，困在布罩里，鼓荡在耳边。我一路上都在胡乱猜测，无端生疑：他会把我带去哪里，一间荒僻处的空屋、一处暗藏着许多正在抽鸦片的流氓的地方，还是塔利班聚集地？我一边走，一边在这个令我汗如雨下、头晕目眩的布卡里不停编造着各式刺激场景。幽闭空间激发了这些想象。

其实经过昨晚，我并不认为穆利会有什么险恶用心，若要有所举动，完全不需要在毒辣的日头底下这么不辞劳苦。我向前看去，他正大步流星、身姿坚定地走着，留给后面一个孤独而骄傲的背影。

我们终于离开了大路，拐进一片居民区。此时已接近正午，围困在布卡里的我早已汗流浃背，浑身都湿透了。

来到一座小院门口，穆利让我等一等，自己先走了进去。不一会儿，从里面迎出一个眉清目秀、神情羞涩的少年。就这样，我结识了少年沙赫伯和他热情的一家人，在他们家里住了四天，直至虚弱的身体基本复原。

我们一起走进院子，院里瓦砾遍地，正在大兴土木。后来得知，这是家里想给已经长大的沙赫伯兄弟各盖一间屋子。

虽然穆利是沙赫伯的好朋友，可他的到来还是使沙赫伯家的所有女人避入了屋内。我们三个人进了沙赫伯和他弟弟住的房间。

到了屋内，我问穆利："我可以把布卡脱下来了吗？"

话一出口，我瞬间意识到他对我的控制力已在不知不觉中产生。他瞥了我一眼，显然也察觉到了。

我默默地将布卡脱了下来。

我们在沙赫伯的小屋里聊了一阵。在穆利的再三鼓励下，沙赫伯总算开口跟我说话了："我叫沙……沙赫伯，欢迎你……你来到坎大哈，也欢迎你……来我们家做客。"要不是他紧张到有些结巴，他的英语说得还算不错。说完他看了一眼穆利，穆利给了他一个鼓励的眼神。

　　"你在我朋友这里会很舒服的。"穆利对我说。

　　我点点头，看了看他。

　　随后沙赫伯便带我到隔壁屋子去见他的家人——爽朗爱笑的妈妈纳莉亚和弟弟妹妹们，他们正在等着。沙赫伯一一给我介绍，屋里充满了天真的欢声笑语。

　　我喜欢这个地方，也喜欢这个单纯秀气的少年和他们一家。我很感激穆利，他替我考虑得非常周到。

　　沙赫伯说："我们先回那间屋子吧，穆利还在等着。"

　　"啊，他叫什么？"我问。

　　沙赫伯惊讶地看着我。从中巴上算起的话，我和穆利已经相处两天了，其间他告诉过我他的名字，我却没记住。我想当初自己并不想记住。

　　"他叫穆利。"

"穆——利。"我慢慢地重复道。

我和沙赫伯回到小屋。穆利坐在地席上，低头安静地看着书。

"你满意吗？"他抬起头问道，俨然一副家长的口吻。

"谢谢你，穆利。"

他撇了撇宽阔的嘴唇，微微地笑了笑。

穆利下午还要上班，他叮嘱了沙赫伯一番后便要离开，我和沙赫伯将他送到门口。我没穿布卡，他看看外边，又望了我一眼，好像不太高兴，不过没说什么，转身出了门。看着他走出院门的背影，我吁出一口长气。

接下来的每天傍晚，穆利都会在下班后来看望我。当他赶到沙赫伯家时，往往已接近日落时分，他总是先沐手洗面，走到葵花地中央凸起的小平台上，铺上他的头巾做礼拜，之后再请我坐下来谈话。

虽然非常感谢他让我结识了沙赫伯一家，但对于和他的谈话，我却越来越感到为难，在谈话中也越发沉默。面对他的重复询问，我只能重复以前的回答。他又问我能否等他五天，说五天后他就可以取得伊朗签证了。这些都是我不愿意面对的。我开始回避和他单独见面，不得不见面时我都会请沙赫伯作陪，其间也常常只是看着沙赫伯，避免和他那漫不经心又犀利逼人的眼神相遇。

我留下了穆利托沙赫伯转交给我的信，信上是他写的英文诗。但我当然不打算等他，几天后便即离开了。离开之前，我请沙赫伯向穆利隐瞒我出发的具体时间，沙赫伯同意了。最后是沙赫伯将我送上了离开坎大哈的班车。

在每日与沙赫伯的频繁接触中，我愈来愈深地感受到这个沉默羞怯的十五岁少年身上的善良与坚毅——这是我能理解的品性，亦是我所欣赏和信赖的品性。

有一日，我信任地问沙赫伯："你认为穆利是个怎样的人？"

少年的脸上露出沉思喜悦的神情。他毫不犹疑地说："穆利是我认识的最好的人，是迄今为止我最珍贵的两个朋友之一，也是我的精神导师。"

沙赫伯的话令我更加迷惑不解。

同穆利相处了这么些天，我却仍然不太了解他，不知他在想什么，不知他的爱或不爱、善或不善，对他几乎一无所知。面对他，我已有的经验显得很狭促。直到现在，当我想到他时，仍无法完全消除面对一个无从了解的人时所感到的隐隐恐惧。

　　我只能狭隘地想，在一般意义上，他是一个好人、一个值得信赖的人、一个阿富汗朋友，或许还是一个真正的诗人。但对我而言，他始终是一个陌生人——从陌生的陌生人到熟悉的陌生人。

　　而我也只能承认，我对他的不了解，只是印证了我自身理解能力的有限和人类品性的无限。

第七章

八个镯子的家庭

有时候会有一种恍惚。

当我走在路上，当我走过不同的城市不同的村庄碰到不同的人，当我走进他们的生活时，我时常想，为什么是他们而不是我在这里生活？他们如何成为了他们，我又如何成为了我？

我也常常会产生一种错觉：我在这里，但我好像并非从一个遥远的地方来到这里，而是从来就在这里，从来就像他们一样在这里劳作、生活。

多么令人恍惚的错觉！

我们生活着，我们在世界的各个角落里彼此陌生地生活着，我们随着时间行走，遇到不同的人，将自己的存在向彼此展开。也许正是这样，正是通过他人，我们才证明了自己的存在。

- 1.少年沙赫伯 -

　　十五岁的沙赫伯身形颀长，带着正在发育的少年的特征，看上去有些单薄，不像他父亲那样胸膛宽厚、壮硕结实，但不会有人怀疑，他最终会长成他父亲那个样子。他的脸庞稍长，五官清秀端正，一双黑眼睛生来便带着些忧郁，嘴唇红润着，显出未经世故的稚嫩和天真。

　　虽然他才十五岁，却已自然而然地承担了长子的威严与职责，不仅五个弟妹都有些敬他怕他，父亲不在家时，妈妈遇事也常找他商量。他不爱说话，总是低着头若有所思的样子，无论谁有事找他，比如妈妈或是年幼的妹妹，他都是静静听完便着手去做。他很忙，因为父亲在外工作总是早出晚归，家里需要男人操心的事便全落在他身上，他的长衫后背几乎总是被汗濡湿了的。

他和上初中的大弟弟住在离主屋不远的一间单独的小屋里，屋里陈设极其简单：地上铺着两张坐卧兼用的地席，墙上凿了一个小壁橱，里面整齐地搁着几本书、几支蜡烛和一些学习用具。屋里别无他物，地面干干净净。

刚来那天穆利把我介绍给沙赫伯时，我就注意到，沙赫伯总是避免与我对视，而是盯着穆利看。穆利离开后，他不得不单独对着我说话也不得不看着我时，他显得那么紧张——或许在他们的习俗里，男子盯视陌生女子是不大正当的。他开口说话时则结结巴巴，非常简短，短得简直令人恼火。后来我们熟络了，他说话才顺畅些，也说得长一些了。

可能因为我是个外国人，而且是穆利带来的，沙赫伯一家待我如上宾。家里只有沙赫伯懂英语，他的父母就将解释我言行的责任全部交给了他。无论我张嘴说什么，即便很好懂，比如边做手势边说"喝水"，他们也生怕理解错了有所怠慢。他们望着我，脸上露出"等一等"的笑容，紧张地高声叫着："沙赫伯！快来！"沙赫伯则会应声出现，犹如阿拉丁神灯里的精灵，后背上满是汗湿的辛苦痕迹。

来到这里的那天下午，沙赫伯上学去了，我在屋里待得无聊，想自己出去走走。我向沙赫伯的妈妈纳莉亚说了这个意思，她立马大惊失色。

"没有沙赫伯陪着，你怎么可以上街！"她连连摇头。

我稍微坚持了一下，她坚决不让步。在她的示意下，大妹妹德娃一溜烟把我的鞋子给藏了起来。"等沙赫伯回来你们再一起出去吧。"看到鞋子已经藏好，纳莉亚笑嘻嘻地说。我只好妥协。

下午三点半左右，沙赫伯放学回来了。纳莉亚把汗淋淋的沙赫伯揪过来，对他说我想出去。

"你想去哪里？"沙赫伯问。

"想到街上去看看。"

"街上哪里？"

"去巴扎就可以了。"

"你要买什么吗？"

"只是去逛一逛。"

他疑惑地瞥了我一眼，或许不太明白巴扎有什么好逛的，但他很有礼貌地没往下问。他飞快地打量我一眼，又飞快地移开眼睛。"你的衣服不对。"

我低头看看，身上是绿色的巴基斯坦长裙。我明白他的意思，我的衣服不够阿富汗，出去会惹人注意带来麻烦。

纳莉亚问明情况，双手一拍，叫了声"哈！衣服！"，拉我进了里屋。她翻箱倒柜，掏出一件又一件衣服，我也一件件地试穿。纳莉亚和两个妹妹坐在地上看。我每换上一件，都会引来一阵笑声，可能这些衣服被我穿出了陌生的感觉吧。纳莉亚的衣服我穿着实在太大，最后她从箱底找出一套刚出嫁时穿的少女服装，才算勉强合身。

在我看来，阿富汗女子的服装和巴基斯坦的差不多：上身是一条过膝的收腰或不收腰的裙子，下面是一条宽松多褶的灯笼裤，只是在颜色和长短上有所区别。

我穿着衣服走到外屋，沙赫伯眼睛一亮，马上又垂下眼睛。"鞋子不对。"

德娃已把我的凉鞋拿出来放在台阶上，这双鞋也很不阿富汗，一眼就会被人看穿。

沙赫伯指着德娃的塑料拖鞋说："穿这个吧。"我试了试，有些大，可另一个妹妹的鞋又太小，只好穿了那双大的。

我穿着纳莉亚的衣服和德娃的拖鞋，把自己的布卡从头向下随便一套，以为总该可以了，沙赫伯却让德娃去另拿一副布卡来。难道这布卡也有什么讲究吗？我很知趣地没有开口问。后来发现确实如此。布卡也有流行的款式，长短不一，材质也不同，在喀布尔买的到了坎大哈也许就显得另类。

在沙赫伯的指点下，德娃帮我把布卡穿好，上下扯平。他再次仔细打量了一番。"好了，走吧。"总算首肯了。

为了避人眼目，沙赫伯带我从后门出去。已是下午四点多，沙漠里的日头还是异常毒辣，一出院子热浪便从四面八方扑来，令人头昏脑涨。

遵照我的嘱咐，沙赫伯没有走大路，而是穿过迷宫般的老巷子前往巴扎。他一直很谨慎地走在前面约十米远的地方，不时回头看看，见我落得远了，他会装作若无其事的样子静静地站一会儿。后来他时常蹲下来等待，拉过肩上的头巾擦擦汗，或是埋头揪一揪路旁的野草。

我走得很慢。布套顶端的箍子太小，跟我的大脑袋不匹配，眼前那一小片用来视物的格子布老是高出我的眼睛，得使劲把前罩往下揪着才能勉强看清路。不到半小时，我在布卡里已是汗出如浆，汗水从发顶流下来，越过眉毛流进了眼睛，却没法擦一擦。悄悄往后背上一摸，衣服已经湿透，汗水顺着腿直淌到脚跟。硬塑料拖鞋比我的脚大了好几码，脚在里边不停摩擦，脚背渐渐磨破了一大块，汗水一浸又辣又疼，真是狼狈不堪。

我们走在又深又长的小巷子里，凹凸不平的石子路旁是潺潺的小水沟，两边是半掩着门的土坯小院，墙头上的小花正在盛开。还路过一些小小的手工作坊，叮叮当当的敲击声在小巷深处回响。这些老巷子和手工作坊都是我所喜欢的，眼下却无心流连，只是一瘸一拐拼命追赶，唯恐沙赫伯跑得太远。

一个转弯，猛然发觉已走出小巷，置身于一个热闹的大巴扎，喧哗人声迎面扑来——可是沙赫伯在哪里？他不见了！

大太阳底下四处张望，只见白晃晃一片，却寻他不着。我浑身湿淋淋地站着，又热又累，几欲昏倒。我想他肯定会回过头来找我的，便摸着街边台阶坐了下来。

过了一会儿他果然出现了，在十步之外向我投来一瞥，示意我继续往前。我本来很想休息一下，却见他已头也不回地向前走去，只好起身追赶。

我一边奋力行走，一边啼笑皆非，深感单独行动的必要。这个少年并不晓得一个异国女子跑到这里来是想干什么，或许只是容忍地把我看作一个奇怪的累赘？回头我会找个机会向他解释。

我暗自默记所经道路，计划改天自己来逛。

虽然浑身打扮足够地道，但一个女人独自大摇大摆或者说一瘸一拐地穿行在巴扎里则完全不地道，还是惹来不少怀疑探察的目光。

忽地发现一个推着自行车卖冰棍的男子在不远处窥视并尾随着我，我顿时警惕起来。向前看去，沙赫伯走在大约二十步远的地方，人流熙熙攘攘，透过格子布，我只能靠搭在他肩上的那块花头巾来隐约辨认他。

自行车轮子逼近过来，那人轻声说了句什么，虽没听清却显然是句英语，令我吃了一惊。微微抬头，看见他不怀好意的目光正穿过格子来辨认我的脸，我埋下头快步往前走。他推车跟着，嘴里嘟嘟哝哝，还伸出手来扯我的外罩。他的异样举动惹来了更多目光。

我跟跟跄跄地追赶沙赫伯，脚疼得厉害，恨不能脱了鞋拿在手里跑，只要让对方看到我并非独自一人就安全了。沙赫伯正站在街对面四处张望，我赶快向他跑去，到他身边时回头一看，那个男人果然站定了，脸上却还是不甘心的样子。为了显示确非单独一人，我对沙赫伯说了几句话，再回头时那人已推着车掉头离去。

我没跟沙赫伯提起此事，怕他知道了更不乐意带我出门。

路过一个卖音乐磁带的摊子，我不肯再走。沙赫伯先是站着等了半天，不见我动弹，便回头向我走来。

"怎么啦？"

"我想买些磁带。"

那些磁带被太阳烤得烫手，旁边放着台同样发烫的录音机。我一盘盘地试听，最终买了七八盘。

"你以前听过吗？怎么会喜欢这些？"沙赫伯很疑惑。

我笑笑不语。

这个大巴扎就是坎大哈的商业街，如同伊斯兰世界的其他大巴扎一样，它分成不同种类的小巴扎，分别陈列着衣服、鞋帽、首饰、铜器、牛马具、香料、食品等，倒也琳琅满目。

我在一家地毯店前站住了，想着给他们家买一块小地毯。我示意沙赫伯走近，委婉地问他喜欢什么样的地毯，他妈妈又喜欢怎样的款式。

他立刻明白了。"你不用给我们买。"说完便一溜烟地跑开。

路过一个清真寺时，沙赫伯在栏杆边坐了下来，取下头巾擦汗。

"大清真寺。"他简单说道，露出一副等我进去观光的神情。

"走吧。"我说。

"你不进去看看吗？外国人来坎大哈都喜欢看这个！"他惊奇地说。

他对"外国人"的理解使我忍不住笑了。透过栏杆望了望里面的建筑，占地面积很大，但炽烈的阳光让我提不起什么兴趣，只觉自己逛巴扎从没这么累过。

"不看了，我们回去吧。"

听到这话，他如释重负地笑了。

回去的路上，我在瓜摊上买了个大甜瓜。沙赫伯把头巾往下一抽，展开，将差不多二十斤重的大瓜一兜，甩到肩上扛着。在前后肩搭块头巾似乎是坎大哈男子的通行做派，头巾的用途非常广泛，也很实用。

我们坐上公共汽车往回走。沙赫伯从前门上，坐在男人聚集的车厢前半部，我从后门上，坐在妇女聚集的后半部，中间挂着块布帘子。我悄悄褪下拖鞋，让脚歇一歇，这举动要是被沙赫伯看见，怕是会扫来责备的眼神。几个小姑娘好奇地围观我的脚，嘴里发出啧啧叹息。

回到家时，我的双脚脚背已破溃出血，肿得老高，看来第二天是哪也去不了了。纳莉亚看了看我的脚，疼惜地摸了摸，站起身来说了沙赫伯几句。他蹲在屋角，看着我流血的脚没言语。

晚上睡觉前，纳莉亚给我端来一盆热水，里面泡着些东西。

"这是什么？"

"让他自己来说吧。"她笑着指了指身后的沙赫伯。

"这是草药，泡过之后你的脚就没事了。"沙赫伯红着脸说。我们回来后，他又跑了一趟巴扎。

果然，当晚我的脚就没那么疼了，破溃处很快结了一块大痂。

＊　＊　＊

　　第二天，趁沙赫伯上学不在家，我跟纳莉亚好说歹说，总算争取到单独出门的机会。我还坚持穿上了袜子和自己的凉鞋。

　　沿着头天走过的老路，我再次来到那些小巷里。路过那些作坊，屋内摆着各种器具、成品和半成品，人们正在努力工作；穿过小院门口，妇人把衣物晾晒到屋顶平台上，小孩儿在门口嬉戏。我悄悄地经过，他们浑然不觉。我喜欢这些曲曲折折又深又长的小巷。

　　眼前的坎大哈，很难说还有什么古老的气息，而它本是一座古老的城市。

　　位于阿富汗南部荒漠地带的坎大哈城早在公元前四世纪时就已建立。十六世纪时，帖木儿帝国创建者帖木儿的后裔巴布尔攻占了喀布尔，后又占领了坎大哈，并以此为根据地多次进军印度，于1526年的巴尼伯德一役打败了德里苏丹国罗第王朝的大军，在印度北部建立了莫卧儿帝国。包括坎大哈在内的阿富汗地区就被纳入了莫卧儿帝国的版图，其后此地区便成为莫卧儿帝国与波斯萨法维王朝争斗角逐的战场。1747 年，征服了阿富汗的波斯阿夫沙尔王朝国王纳迪尔被人刺死，普什图族的一位部落首领艾哈迈德趁机率领部落武装进入坎大哈，并在部族长老会议上被推举为阿富汗的国王（称为"沙"）。艾哈迈德沙随即以坎大哈为首都建立了历史上第一个统一的阿富汗国，他也由此成为阿富汗国家的缔造者、杜兰尼王朝的创始人。

自 1747 年立国后，艾哈迈德沙多次远征印度，不断扩大自己统治的疆域，阿富汗一度相当强盛。艾哈迈德沙的儿子帖木儿沙在位期间，阿富汗国势转衰，帖木儿沙将首都从坎大哈迁往喀布尔。但坎大哈一直是阿富汗南部的商业中心和军事重镇，也是后来塔利班武装的根据地和总部。

现今的坎大哈饱经战火，市区范围并不大，除了几条勉强算得上繁华的街道，满目皆是废墟与枪炮弹药的痕迹，连同四周空空的旷野，一起暴晒在无情的烈日之下。

然而，我隔着布卡所看到的也许并非一个真切的坎大哈。这隔着布卡的匆匆一瞥，还不能告诉我什么是真正的坎大哈和坎大哈人。我需要时日来了解，可又只能匆匆而过。

　　我在巴扎里坦然穿行，虽然有时人们疑惑的目光会从我的袜子和凉鞋移到蒙着布卡的脸上，但终究没再遭遇什么骚扰。或许让人明白布卡下面的确是个外国人而这人并不慌张胆怯，也能成为一个很好的保护层。

　　我已学了几句简单的普什图语，老板们会说简单的英语单词，我在地毯店里没费什么事就顺利买下了一张小地毯，又在帽店里给沙赫伯的小弟弟阿兹买了一顶嵌着亮片的帽子。阿富汗男子平日所戴的帽子样式各异，价格也高低悬殊，有些昂贵的帽子上还镶嵌着珍珠和宝石。

　　我拎着这些东西在巴扎里转了一个多小时。烈日烘烤，我在布卡里全身汗湿，只觉口干舌燥眼冒金星。路过昨天那个瓜摊，我跟跟跄跄地摸索着高出的台阶想坐下休息，却瞬间人事不知，昏厥过去。

醒来时我发现自己躺在一个蒙着布卡的妇女怀里，她拦腰抱着我，将我的布卡前沿撩开来，正用一个杯子给我喂西瓜汁。我的意识还有些昏蒙，只觉耳鸣不止，眼前白晃晃的如一张曝光过度的照片。

我将杯子里的西瓜汁慢慢喝完，抬头看着布卡后那双温柔善良的黑眼睛，感受着那朴实温暖的怀抱。不远处的卖瓜老人关切地望过来，见我已清醒，又让那妇人拿来一片西瓜。我一小口一小口地把它吃了下去。

正因为知道在路上总能碰见这样关切的眼睛，我才不惮于路途。

不过我还是没敢把这些告诉沙赫伯一家。

这次中暑让我深深体会到布卡外面的空气是多么新鲜，后来我再也没穿过布卡。离开坎大哈时，我想扔掉自己买的布卡，纳莉亚说不如留着，我就没再坚持，把它留给了她们。

＊　＊　＊

全家八个人中，只有沙赫伯会说点英语。学校并未开设英语课程，他能说英语主要来自穆利的影响，在穆利的鼓励下，他还参加了每周三次的夜校英语学习班。

"学英语是为了什么？"我问。

"为了阿富汗。"

噢，这个理由听上去可真庞大。他说这是穆利告诉他的，要发展阿富汗，首先要学习英语，然后才能理解这个世界，进而理解阿富汗自身。

"将来你想去上大学吗？"

"是的，我一定要去上大学。我想去喀布尔。"

我忽然想到一件事，笑了起来。"可过上两年，你父母就该为了让你娶上一个美丽能干的好妻子而操心不已，你还怎么去上大学？"

他的脸霎时红了。"我不会这么早结婚的。"

"嗯？"

"你看穆利，他已经二十七岁了，还没有结婚。"

"你迟早都要结婚吧？"

"我父母会安排的，可我不想这么早就结婚。"

这个少年大概是什么都明白的。那几天傍晚，无论是穆利来看我还是写了信请他转交，抑或是我为了回避和穆利单独见面而请他陪着，他都显得沉默而了然。但他从未问过我，也从未当面提及什么，他的好奇心是那样谨慎和节制。只有一次，我偶然抬头，正好看到他用一种略带好奇的探究目光凝视着我；他可能没料到我会猛地抬头，像被针刺了似的跳开了目光。

我和沙赫伯聊过许多事情。在十五岁的年纪，他却已形成了种种牢固的观念，可以说是固执，也可以说是意志坚定。

"你觉得女子应该穿布卡吗？"

"应该！"他毫不迟疑。

"为什么？将来你会让你的妻子穿着布卡吗？"

"当然。穿上布卡别人就看不见你的脸，看不见女人的脸就可以省去很多麻烦。"他想了想，皱起眉头说道。

"什么样的麻烦？"

"你知道的，女人……会有很多麻烦的事情，穿上布卡就会好很多。"

"你喜欢漂亮女孩儿吗？假如你的妻子很漂亮，你不想让别人知道？"

"漂亮当然很好，但那不是最重要的。如果我的妻子很漂亮，我知道就够了，不需要让别人也知道。"

"为什么？"

"要是很多人都知道，就会惹出很多麻烦呀！"他讶异地看着我，好似我问了个多么傻的问题。

"那……你很赞同塔利班政府喽？"

"他们没什么不好的，美国人才真正地不好。"说到这里，他有点义愤。

穆利也说过同样的话，他认为除了对待妇女有些不公平，塔利班政府没什么不好的。看来穆利对沙赫伯的影响确实非常大。

"那你觉得我呢？我是一个女人，我来到你的国家，来到你的家。你会不会认为我是一个坏女人？"我问道。

他好像被这个问题吓了一跳。"不会！你不一样，你是外国人，外国人不一样。"

"为什么不一样？"

"嗯……我们是穆斯林，穆斯林就该是这样的。"他变得有些慌张，也许他还不习惯跟人谈论这样的话题。

沙赫伯的回答让我沉默。假使此刻对这个少年说，排除了信仰，我和他的姐妹是一样的，他一定难以理解。在他眼里，女人也许只是躲在布卡里、隐藏在屋子或角落里的姐妹、母亲、妻子，温情、亲密而隐私。而我是个外国人，是他们的世界之外的另一类人。

他还只是个少年，不能要求他即刻有什么改变。他需要离开这里去读书，离开坎大哈去看看外面的世界。与世界的接触会真正地改变他。

我又想起穆利那张阴沉冷漠的脸，那是一个孤独的人，他在一个孤独的世界里孤独地思考着。这个被他深深影响的少年是否也在孤独之中？

"你的朋友多吗？"

"不多。"

"你不喜欢朋友？"

"不，我只是不需要很多朋友。在坎大哈，我只有两个朋友，一个是穆利，另一个是——"

沙赫伯翻出相册指给我看，那也是一个少年，名叫纳则，比沙赫伯大三岁。照片上的男孩子穿着长袍站在金黄的油菜花地里微笑，看上去纯朴憨厚。另一张照片上，他和沙赫伯朝气蓬勃地并肩走在大路上，笑着，甩着手臂，头巾搭在肩上。纳则在父母的建材商店里帮忙，他不会说英语，每日诵读《古兰经》。

相册里还有不少沙赫伯的照片，其中几张从不同角度留下了同一个身影：身材瘦削的沙赫伯穿着军人制服，头戴大盖帽，笔直地站在院中的葵花地旁练习敬礼，脸上露出模仿成人的严肃而僵硬的表情。我不清楚这身看似非常正规的绿色镶红条的军服究竟属于阿富汗的哪个时期，但乍一见他这身打扮，心下有些悚然。

"衣服是我叔叔的，他曾经是军人，不过……他已经死了。"沙赫伯端详着照片，"我很喜欢军人。"

仔细对照才能发现，照片上那个穿着不合身的肥大军服、帽子太大以至帽檐压得很低的男子，就是眼前这个面容羞涩、戴着小白帽、尚未往头上缠图尔班的少年。

我意识到，早熟的沙赫伯已不再是个少年了。在阿富汗，男孩子大约总会被迫过早地扮演成人的角色，而他们的童年转瞬即逝——当他们开始学习认字，开始坐在地上或跪在小板凳前摇头晃脑地诵读《古兰经》时，童年可能就已经结束了。

我不禁想到，由于他们过于早熟，理性的反省和洗礼可能更容易被忽略。也许，在一个少年还未发展出独力面对信仰的完整人格时，他就已然早熟地进入了宗教当中；每天目睹成人礼拜的仪式，他的早熟就成为仪式的早熟，他的血也成为仪式的。而妇人的责任就是生下这样血里带着仪式的孩子，并用简单的食物将他们养育成人。

人类的信仰之途错综复杂，无法评判。

- 2.妈妈纳莉亚 -

倘若没有纳莉亚，我想这个家一定不会这么充满热情与活力。有时我望着她忙碌的身影，惊讶于在阿富汗的穆斯林社会里，在一扇扇紧闭的院门后，女性悄然间所产生的巨大凝聚力。

沙赫伯的父亲在一家建材商店做事。战后的阿富汗百废待兴，建材生意肉眼可见地成了最赚钱的行当之一。他每日早出晚归，为八口之家挣来衣食：早上四点听着清真寺的召唤起床做礼拜，然后简单处理下家事，吃过早饭便出门了，直到晚上七八点才回来。这个中年男子行事沉稳，和善寡言，是家中的权威。

沙赫伯有两个正在上学的弟弟，一个十一岁，一个九岁。他们都像自己的父亲一样寡言少语，偶尔说话也都言短声轻，目光则显得局促沉重且转换频繁。十一岁的男孩子刚剃过光头不久，脑袋上一片乌青茁壮的发茬，眼神单纯顺从却又多疑倔强，复杂得令人吃惊。有时我不禁望着这个总是低垂眼皮的少年，猜测他心中到底发生着怎样的冲突才会形成那般复杂的眼神。家里还有一个不到三岁的小弟弟，名叫阿兹。像这个年纪的许多孩子一样，阿兹老是跌跌撞撞不安分地走着路，动不动就哇啦啦地撒娇，享受着全家人的宠爱。

沙赫伯有两个妹妹。十三岁的大妹妹叫德娃，她整日忙着帮妈妈做家务，偶尔闲下来却也不知该做什么，就坐在地上长久地发呆。五岁的小妹妹剪着短发，还没长到必须帮妈妈做家务的年纪，虽兼顾着看护小阿兹的任务，仍能充分享受无忧无虑满院乱跑的自由和快乐。

三十二岁的纳莉亚身高体胖、勤劳快活，在她的操持下，屋里屋外都非常干净整齐。她不是在地里忙活，就是在厨房忙活，或是在洗衣服，无论她在哪里，总能听到她清脆爽朗的声音。阿兹摔了一跤，爬起来委屈地哭着走到她跟前，她大声笑着，腾出手来抱抱他，响亮地亲他一口；水龙头往外流水时，她一边往蓄水桶里蓄水一边抓紧时间洗衣服，一个孩子凑在旁边替她拿水管，另一个孩子蹲在洗衣盆边上玩泡泡，她便和他们有一句没一句地谈心；一个孩子拿着水管射她一身水，她尖叫着夺过水管反射回去，大家抓着水管射来射去，嘻嘻哈哈犹如过节般热闹。

纳莉亚的存在让男人们的沉重与压抑稍稍得到了化解。

♣ ♣ ♣

某日，纳莉亚拿出家中照片给我看，厚厚三大本。

这些家庭相册记录着不同的时间、不同的人，有一样东西却重复出现：一盘盘绚烂的葵花。这一大片葵花就站在院中，是纳莉亚和孩子们亲手种下的。灿烂盛开的向日葵是这家人拍照时最喜欢的背景，见证着他们的欢乐岁月：沙赫伯五岁，手里抱着德娃；沙赫伯十岁，身边站着小弟弟；父母坐在椅子上，身边的孩子或蹲或站。

纳莉亚指给我看她结婚时的照片。那时她十六岁，瘦小苗条，穿着红红绿绿的婚服，脸上盖着浓妆，很不安分地睁着大眼睛坐在人群中。她的丈夫坐在她身边，脸庞瘦削清秀，看上去比如今还要安静。

我还在照片上看到了纳莉亚的父母和兄弟姐妹。她十六岁便离开父母来到一个男人身边养护新的家庭，孩子们一个个地出生长大，他们的小屋从最初的两间变成目前的四间，院子也越来越大，向日葵越种越多。

纳莉亚时时对自己发胖的身材表示不满。"十六岁时，我的腰是这样。"她双手合围，掐出一个细小腰肢的形状，"现在……"她两手夸张地往外一扩，低头发愁地看着如今臃肿的腰身。比起十六岁时，她胖了差不多十五公斤，以前所有的衣服都穿不下了。

"你很苗条，真是幸运。你是用什么办法来保持苗条的？"

真有点啼笑皆非，我是因腹泻与营养不良才迅速瘦了下来。面对她真诚的苦恼，我可不好告诉她这个"办法"。

"不要吃那么多。"我支支吾吾地说。此时的阿富汗虽然得到了暂时的和平，可仍有很多人处于饥饿中，弄得我说这话时有种异样的感觉。

"我吃得不多呀，我觉得自己基本上没吃什么东西，却一直在长胖。"纳莉亚发愁极了。

沙赫伯在我和纳莉亚谈话时一直充当翻译，他对女性间的琐碎话题没显出任何不耐烦，倒有点出乎意料。

"你帮我看看我脸上长的是什么东西？"有一次吃过午饭，纳莉亚对我说。

细看了一下，没看到什么。

"有东西，在这儿。"她指指自己的脸。

我凑近她的脸，像个医生般仔细检查。纳莉亚喜欢化妆，脸上搽着薄薄一层粉底。

"没有什么，只是雀斑而已。"我安慰她。

"不是雀斑。你再看看。"

只好又检查一遍，终于明白她是指鼻头上可能由螨虫引起的点点红斑。我告诉她，这是一种常见的轻微的皮肤病，由一种小小的虫子导致。

"以前我的脸白白嫩嫩的，就像德娃的一样，可如今……"纳莉亚苦恼地说，"我试过阿富汗的药了，一点用也没有。你们中国有什么药可以治这个病吗？"

我认真想了想治螨虫的方法，好像有药。可她真的需要我从中国把药寄到阿富汗来吗？沙赫伯坐在一旁，蓦地笑出声来，纳莉亚狠狠瞪了他一眼。看得出来，这不是他初次听到母亲抱怨螨虫了。对母亲的苦恼，他脸上一直带着真诚的同情，他很爱他的母亲。

我见过的阿富汗女子大都有化妆的习惯，不管贫穷还是富裕，她们都会描眉毛涂眼影染指甲，条件好一些的还会在脸上红红白白地化着妆。沙赫伯一家是坎大哈的普通市民，一旦生活稍微安定些，人们就关心起自己的体态和容貌来。想到这里，虽不能给纳莉亚什么帮助，我还是感到高兴。

离开坎大哈前，我想留下一张纳莉亚和她丈夫新婚时的照片。纳莉亚很高兴，想给我挑一张她最满意的，趴在地上在一堆照片中翻来覆去地挑拣了一个多小时，却也没能选出一张。

她坐直了身子说："算啦算啦，记住我眼下这个样子就行啦，忘掉那时吧。"

♣ ♣ ♣

有一次纳莉亚坐在我身边，拿着沙赫伯的牛津英语图解词典——虽是盗版质量挺好，翻到一张彩页问我"那是什么"。我一看，她指着一幅厨房场景图，上面是各式厨房用品和它们的英文名称。她一样一样地询问那些东西的用途，比如搅蛋器、洗碗机、烤箱、微波炉。最难说清的要数微波炉，纳莉亚对它表现出极大的好奇，我徒劳地解释了十多分钟，她才放弃了对它的探究。

"有一天我们也会用上这些东西的。"她细细瞧着图片，满怀信心地说。

纳莉亚对自己的厨房其实还算满意。厨房里有台小冰箱，里面放满了大大小小的水罐，装着可饮用的自来水。虽说一天要停好几次电且不知何时会来电，但趁着有电时用冰箱做上一堆冰块还是绰绰有余的，家里人喝的蜜糖水也常常能奢侈地加上几块冰。荒漠中的坎大哈在夏季炎热无比，光是看着杯中漂浮的冰块就能让人感到一阵清凉。

这个厨房，包括里面的小冰箱、煤油炉、锅盆碗盏、食材调料，是纳莉亚和德娃的世界，别人很少进入。

第一天吃晚饭，我发现自己面前单独放着一个银色大托盘，盘中有一份炒饭、一只炸鸡腿、一份炸土豆条、一碟洋葱番茄片、一杯撒了迷迭香末的酸奶，旁边还搁着把勺子。再看看地席上，一大盘土豆炖鸡块、一大盘炒饭、一大碗酸奶。

"为什么我有炸土豆和鸡腿？"我有点不解。

"你是我们的客人呀。"沙赫伯回答。大家都微笑着看我。

"快吃快吃！"纳莉亚催促。

然而这种特殊待遇让我吃不下去。"我不喜欢吃炸土豆和炸鸡腿，我最喜欢的是炖土豆。"

"噢！"纳莉亚呆了一呆，随即指着沙赫伯控诉道，"是他是他！是他说外国人都喜欢吃炸土豆条和炸鸡腿，我才做了炸鸡腿！"

全家人哄笑起来，笑得沙赫伯脸都红了。我想起那本英语词典里画着的炸土豆条和炸鸡腿。纳莉亚赶紧往我的盘子里舀了几大勺炖土豆。

炸鸡腿被小阿兹拿去，他咬了一口却咬不进去。纳莉亚拿刀子一拨弄才发现，鸡腿的外皮虽然已经炸焦了，里面却还白生生地带着血丝。这是纳莉亚生平头一回做炸鸡腿，后来便成了大家打趣她的话题。

阿富汗的日常食物很简单，主食是面饼，有用未发酵的面烘制的脆而硬的，也有用发面做的软的。为了将这些饼吃下去，主妇们要炖上一锅把软的配菜，里面是牛羊肉和各种蔬菜，它们与各色香料——辣椒、大蒜、肉桂、丁香、茴香、小茴香——混合在一起，煮得水乳交融颜色莫辨。配合这些的还有切成片的洋葱、番茄、青柠和辣椒等。吃饭时，先从大饼上撕下一小块，裹上些菜，再送到嘴里。

除了大饼，人们也喜欢吃加了肉的炒米饭。可能因米比面贵，普通人家也会把炒饭当作菜，用面饼夹着吃。

在大街上或饭馆里则可以吃到烤肉，将腌制好的牛羊肉串架在炭火上烤，这可是整个中亚地区的拿手好菜。

大家都用手吃饭，我自然不好意思用那把特地配给我的勺子，便也动手从大饼上撕下一块，先把那一小块饼弯成勺子模样伸到盘里剜一点菜，再卷巴卷巴塞进嘴里。他们做这一切熟极而流，只用一只右手就做得干脆利索，面前的盘子也干干净净。我两只手都上场了，却还拖泥带水四处掉东西，惹得大家哈哈笑个不停。

德娃悄悄扯了扯我的衣服，示意我该怎样做。

中亚地区的人惯于直接用手吃饭，而且一般只用右手。但我从没刻意练习过，有什么就用什么，经常左手右手叉子勺子齐上阵，这次总算认认真真地练习起来。练过几次后，我也能比较熟练地用手吃饭了，还学会了用最后一块饼把自己的盘子擦得干干净净再送进嘴里——这举动像一种仪式，能带给人愉快的满足感。不过我还没来得及学会如何保持手指的洁净，他们的手指绝不会像我的那样令人难堪地挂满了汤汁。当然我也不会像小阿兹那样把五个手指头大大地叉开，然后津津有味地将它们一个一个舔干净。

此后，纳莉亚再没给我准备特殊的饭菜。不过吃炖土豆炖鸡块的次数越来越多，她一勺接一勺地将土豆和鸡块舀到我的盘子里，还虎视眈眈地监视着我把它们全都吃下去。正是在这样足量的吃喝中，我那因营养不良而衰弱的身体才缓缓恢复了生机。

男人们早出晚归，一家人只有在晚餐时分才能团聚，有什么问题也会趁此讨论讨论，所以晚饭通常比较正式，花的时间也比较长。

那时大家团团围坐在院中的地席上，上面铺一块塑料布，塑料布上便是简单充足的食物，晚风徐徐吹来，应和着人们的轻声话语。吃完饭大约九点半，在月光底下休息会儿，聊聊天，交流下白天发生的事，十点多也就该睡觉了。等到破晓，人们就要起床做当天的第一次祷告了。每天都是这么过来的。

纳莉亚和她丈夫一般睡在屋里，孩子们嫌屋里闷热，都喜欢睡在院子里。饭后纳莉亚和德娃将碗筷收拾完毕，把塑料布擦净收好，用笤帚扫一扫地席，沙赫伯和弟弟便从屋里拖出蚊帐来。布帐子又厚又重，有地席那么大，足以容纳所有的孩子。沙赫伯爬上屋顶，手里揪着帐子的两个角——一个拴在用铝皮可乐罐和铁丝拼凑而成的电视天线上，另一个拴在一颗牢牢钉在房顶的大钉子上，然后跳下来将帐子的另外两个角分别挂在向日葵的杆子上。孩子们便抱着枕头挨个钻进帐子寻块地方睡觉去。

有时我半夜醒来，睁眼即是从帐顶漏下的丝丝月光，耳畔是孩子们从各个角落传来的匀净的呼吸声，这时我会情不自禁地对着月光微笑，安然在这香甜的夜梦里。有时我撩开帐子一角，将脑袋斜探到帐外，只见夜空深幽高远，明月在中天播撒清辉，星光散落穹宇。夜风轻拂，传来远处鸟儿的咕咕梦话，向日葵在月光下起伏摇曳，发出哗哗哗的温柔低语。

- 3.大眼睛德娃 -

少女德娃长着一双又黑又大的美丽眼睛，她小时候的外号就叫"大眼睛"。

她有张大约一岁时拍的照片，小小的她趴在床上，嘴里塞着个奶嘴，眼睛四周涂上了用来辟邪与清洁的大黑眼圈；乍一看去，小脸上除了这双大大的黑葡萄般的眼睛外，好似别无他物。

现在的德娃已经长成了一个少女，眼睛虽然依旧很大，却不再像幼时那样醒目。当家人津津有味地谈起她小时候的大眼睛，她便在一旁咧了嘴微笑，也会拿起当时的照片看上几眼。

十三岁的德娃还未完全发育成熟，却已长得粗壮结实，满头弯曲蓬松的浓密黑发编成一根长辫垂在脑后。由于没空梳洗，这根长辫子三五天才会解开来编一回，显得毛毛糙糙的。

德娃是纳莉亚的好帮手，纳莉亚做一日三餐，德娃就打下手做各种准备。她大部分时间都坐在厨房的小板凳上，低着头在盆里洗菜，或是刨土豆煮豆子烙薄饼。她那身的确良的薄布花裙子老是湿淋淋的，也不知是水还是汗。为了方便干活，她头上缚着块头巾，看上去就像个大姑娘。

要准备八口之家的饭菜并不是件轻松的事，那是个忙碌的厨房，德娃在里面孤独地忙碌着，常常对着红通通的炉火发呆。

我时常走进厨房去帮她。起先她把我当客人，总赶我走，不让我待在里面；渐渐地，她仿佛很高兴我能陪着她，便听任我去刨土豆或剥豆子。她在一旁忙活着，手脚虽不停，那双大眼睛却牢牢地盯着我不放。

"小心切着手。"我半开玩笑地说，也真担心她会切着手。她笑笑，双手继续熟练地切菜，眼睛仍是一眨不眨地看着我。

在厨房里，我们要么不说话，要么我说她听。我平日是安静少言的，德娃的沉默于我不算陌生，反而有种熟稔与亲切，因为有无数话语在沉默中悄然传递。而当我说话时，我虽然在"说"，但说的是什么我也并不清楚，那是一种无章的语言，是一种——怎么说好呢——声响、一种空气的震荡。语言本就如此，本就是空气的规律性震荡而已。我说着话，她微微侧耳凝视着我，好似都能听懂，唇边挂着一缕微笑。炉火在一旁噼噼啪啪地响着。

不知往常德娃不干活时会做些什么，我在的那几天，只要有空闲，她就会悄悄走进房间找个角落坐下看我。不管我是在跟小阿兹玩、跟沙赫伯聊天，还是在跟纳莉亚说话，她都一言不发地坐在那里，用那双大眼睛安安静静地望着我。后来哪怕是正在干活，她也要跑出厨房来看我一眼，确定了我在屋里的位置才安心地跑回去。

起初我有点回避她的凝视，那双大眼睛里的宁静、顺从和茫然让我有些不知所措，也隐隐感到难过。但到后来我也时常回望她，我们的目光一触，她便咧开嘴甜甜地微笑。

"过来。"我冲她招招手，让她到我身边来。她眼神一跳，但还是过来了，坐在我身边。

"抱一抱。"不管她听没听懂，我伸开双臂将她轻轻揽进怀里。她斜躺着，姿势很不舒服，可她一动也不敢动，我就把她的身子挪了挪。湿淋淋的劳累的身子。她忙了一天，脸都没空洗，双颊雪白粉嫩，透出青春的红润。

她安静乖巧地躺在我怀里，还是那样望着我，我笑着摸摸她的额头，轻轻地亲了一下。她身子一动，脸红了起来。这时纳莉亚在屋外叫着她的名字，她紧张地坐直了身子侧耳听着，大声应着，站起来要走。刚要迈步，她忽地弯下腰来，在我两边脸颊上急促地各亲了一下才匆忙跑开。我怔住了，心底涌出一阵喜悦。

一天中午，太阳很毒辣，我提了几桶水放在阳光下晒了一个小时。看水已晒得温热，我说："德娃，来，我帮你洗个头吧。"

那正是午饭和晚饭之间，是德娃难得的空闲时光，她笑着把辫子解开，头发霎时披散一身。她的头发又黑又长，我一边帮她慢慢清洗，一边像往常那样有一下没一下地说着什么，她无声地听着。

头发洗净了，在太阳底下发出乌金般的光芒。德娃浑身飘散着洗发水的香气，在湿漉漉的乌发的衬托下，她红润的脸蛋更显明媚，乌黑的大眼闪闪发亮。

我端张小板凳坐在她身后，拿梳子慢慢梳理她的长发。她突然回过头来看看我，甜甜地笑了，温暖地叫了声"姐姐"。

我心中一动。德娃不知道，她妈妈比我大不了几岁，若我也像她妈妈那样十六岁就结婚，生下的孩子也该和她的年纪差不多了。

给德娃洗过头，另外两桶水也晒得差不多了，我便提水去洗澡。洗澡的地方在向日葵地后面、院中最偏僻角落的一个小土坯房里。我脱掉衣服挂在门扇上，忘掉了时间，痛痛快快地洗了个澡。

洗完澡打开门，望见德娃埋头坐在门口的石头上，手里拿根小树枝，在地上一笔一画地写着什么。见我开门，她起身迎上来帮我提桶拿衣服。等我收拾好再出来，刚才换下的衣服已经不见了。

德娃正蹲在蓄水桶边上洗衣服。我走过去，在她身边蹲了下来。"德娃，让我自己来洗吧。"

她抬头对我笑了笑，继续低头搓衣服。我抱着她那宽厚的肩，将头伏在她的后背上，听着从她身体深处传来的有力的心跳。

此后，每当我去洗澡或上厕所——那些地方都在院子深处，她但凡有空就会一言不发地陪着我。有时我半夜醒来想去厕所，刚打算猫腰爬去帐子外边，睡在身边的德娃马上就会惊醒，睡眼蒙眬地要跟我一起去。我拦着她，可拦不住。

只要闲下来，德娃便会坐到我身边，随便拿本什么书和我一起乱翻。她没上过学，不识字，屡屡倒着拿书，我不忍心纠正她。阿富汗女子大都是文盲，即使是在塔利班掌握政权之前，识字的妇女在女性人口中也不到五分之一。如今女孩子可以去上学了，但家里兄弟多，没钱供那么多孩子上学，德娃便失去了上学的机会。她手里捧着书，虽看不懂，却总是愣愣地大睁着两眼在

"看"，看得我的泪水差点迸出来。

德娃有一瓶珍贵的指甲油，是哥哥沙赫伯送给她的礼物，她把它藏在自己的小箱子里，与其他心爱的宝贝放在一起。小箱子是少女德娃的秘密，轻易不许别人碰。一日，她打开小箱子，拿出这瓶珍爱的紫红色指甲油，把我扯到地席上一起坐下，然后低着乌发蓬松的脑袋，仔仔细细地往我的手指甲和脚趾甲上涂抹，宛如在做一件了不起的工艺品。其实我的手脚早已粗糙不堪，配上这艳丽的紫红，只显得触目惊心。

长这么大我只涂过两次指甲油。一次是在巴基斯坦罕萨地区雪山下的一个村子里，我借住的那户人家的小姑娘不由分说地帮我涂过指甲。另一次就是德娃了。后来在伊朗，八岁的小男孩儿穆罕默德想在离别前送我一件礼物，跑到很远的商店去买了瓶透明的指甲油。直至今日，那瓶未启封的指甲油还安安静静地待在我的书架上。

离开坎大哈前，我又去巴扎买了些东西，其中有给德娃的一块淡紫色衣料。

"给德娃做件新衣服吧。"我对纳莉亚说。

德娃靠在妈妈身边，揪着妈妈的袖子，没有去看布，眼睛亮闪闪地看我。我当然没能看到德娃穿上新衣服的样子，但我想一定很好看。

"德娃是个大姑娘了，"纳莉亚说，"再过两三年就该嫁人了。"

我低下头，想象着十六岁的德娃就像十六岁的纳莉亚那样化着浓妆，穿着花花绿绿的新娘服，睁着那双大眼惊恐不安地坐在一堆陌生人中间，心里有些难过。生命的历程清晰可见。

"那再过两三年，你就要当外婆了。"

纳莉亚呆了一呆，脸上露出无限的感慨。

☘ ☘ ☘

终于要走了。头天下午我告诉沙赫伯，我准备搭第二天凌晨的早班车离开。

"真的要走了？不再住些日子了吗？我可以陪你去看

穆巴拉克清真寺，你还没去呢。"

"去过了呀！你不在时我自己偷偷去了一趟，不敢告诉你。"

" ……可还有很多地方你没去吧，艾哈迈德沙的陵墓？"

"也去了，那里也没剩下什么了。"

他不说话了。分别总是令人难过。

总是这样，来了，又要走。我已经熟悉了别离。

沙赫伯往厨房那边不安地望了一眼，我知道，他是在想该怎样告诉德娃。我也不安。

我走进厨房，德娃正弯着腰在大盆子里洗土豆。她抬头冲我一笑，额头上满是汗珠。

我在她身旁蹲下来，告诉她我要走了。她停下动作，怔怔地看着我。我比画着一辆车，"要走了"。

她登时把两只手从土豆中抽出来，紧紧抓住我的手，好像我即刻就会离开。她望着我，大眼睛里渐渐蓄满泪水。

怎么才能告诉她，我虽然来了，可终究是要走的。

我只是让自己的手被她紧紧地抓着。

德娃低下头默默地想了想，把手松开了，往衣服上擦了擦。她胖乎乎的手腕上套着十来个细细的黑色镯子，她用力地把它们往下褪。她身上什么都没有，只有这些镯子。

我捉住她的手腕说："不要，我什么都不要。"

她坚决地把我的手推开。那些镯子自从套上她的手腕大概就没取下来过，她将手背两侧都卡出了红印子也没能褪下来。她跑出门去，用水打湿手臂涂上肥皂，费劲地把镯子一个个地取下来，又一个个地套在我的手腕上。

"德娃，你们家有八个人，我只要八个好了，其他的你留着。"

德娃摇摇头。她的手粗大结实，我的手要瘦小许多，她毫不费力地把镯子都套了上去。我伸直手臂晃一晃，我俩一起瞅着那些镯子叮叮作响。

"抱一抱。"我边说边紧紧地抱了抱她。

吃过晚饭，德娃赶快收拾碗碟，把地席扫干净，又向我笑一笑，就抱着沉重的大盆子颤颤悠悠地往蓄水桶那边去了。

因为我要离开，大家在煤气灯下聊了又聊，说了很久的话。

可无论怎样，终究还是要散的。十点半时，我对沙赫伯的父亲说："明天还要工作，睡了吧。"

我跑到蓄水桶那里。明亮的月色中，德娃坐在装满碗碟的盆子边，脑袋靠着蓄水桶，已累得睡着了。水哗哗地从盆里往外流。

我关上水龙头，盯着她看了好一会儿。月光底下，她的大眼睛闭着，两排睫毛又密又长，犹如小蝴蝶的翅膀。

我没有叫醒她，径自蹲下去清洗碗碟，可碗碟碰撞的声响还是把她吵醒了。她睁眼看见是我，脸上绽开笑容，迅即又抢着干活。我们一起把那盆碗碟洗完，抬进厨房。

睡觉时，德娃和我在帐子一角面对面地躺着，看着对方。我们就那样静静地对望许久，在彼此的眼睛深处既看到了自己，亦看到了对方。

她轻轻地叫了一声"姐姐"，伸出双臂紧紧地搂住我。

"睡吧。"我说。

她仍旧目不转睛地望着我，眼里是平静哀伤的湖水。

我伸手盖住她的眼，让她睡觉，手心里她的睫毛一闪，眼睛闭上了，可手一拿开她立刻又睁开眼。我叹了口气，眼泪流了下来。她一动不动地望着我，大眼睛里又蓄满了泪。

我只好不理她，闭上眼睛装睡。过了好久，偷偷睁眼一瞧，忙了一天的德娃果然已经睡着了。

可我哪里睡得着，翻来覆去的，很多事情涌上心头。翻身时手腕上的镯子不停地叮当作响，怕吵醒大家，我将它们一个个地褪下来放到枕头底下。不知何时，我也迷迷糊糊睡了过去。

接近四点时，沙赫伯把我叫醒，说该去车站了。我便爬了起来。

沙赫伯把我昨晚收拾好的行李背上，与我一起往外走，纳莉亚和她丈夫把我们送到门口。我站在门口犹豫了一下，总觉得落下了什么重要东西，皱着眉头想了想，忽地瞅到自己的手腕，赶紧跑去撩开帐子一角。

德娃依然以入睡前的姿势侧卧着，我看了看她，翻开枕头把镯子摸出来戴上。再看看帐子里躺得横七竖八的孩子们，他们都还在做梦吧。

七点多钟时天已大亮，我坐在班车上，远离了坎大哈。如同远离了一个梦。

阳光透过车窗照在身上，我抬起手腕，发现上面不多不少正套着八个镯子。难道只是个巧合？

在之后的旅途中，我一直很珍视这些镯子，从未摘下来过。可有一次在旅馆的狭窄通道里，为了避让他人，我往墙边一靠，不小心挤到了手腕。

"咔嗒"一声，一个镯子裂成两半掉到地上。

我拾起镯子。一直也没注意分辨这些镯子是用什么材料做的，这会儿才发现是塑料的，这意味着它们将难以保存。我握着两瓣镯子走回房间，在床上呆呆地坐了会儿。

接下来我更加注意保护镯子，但在伊朗时又裂了一个。本来决定在回家之前都要戴着它们，现在只得把它们取下来，用头巾包好放进行李里。后来检查行李时，发现又压碎了两个。

再后来又碎了一个。

当旅程结束回到家时，我只有三个镯子了。

我走过，我路过，那些美好的东西我想尽力保存得久长。

可是，我真的能够做到吗？

2004 年 6 月第一稿
2024 年 5 月修订

- 初版后记 -

1. 当一篇文字终于完成并呈现在他人面前时，它便不再能专属自己，其性质已类同于流通之物。对这一固有属性，我当然无可奈何。

2. 第一次写比较长的文字，这使得整个过程成为了一场严峻的考验。与其说它的最终完成需要一定的能力，不如说更需要耐心与毅力。也许别人早已这样说过，但亲自去做，感受自然更为真切。

3.曾经以为有许多话不必说，说也无益，因此虽有朋友的催促，还是迟疑了很久才写下这篇东西。但有许多话还是不必说也无法说的。也许将来能够慢慢地去说。

4.世界与人们的遥远依然令人难过。虽然生活总是重要的。

5.陌生人，遥远的人，感谢你们，祝福你们。

2004 年 9 月

红其拉甫口岸
（新疆喀什）

巴米扬大佛

Kabul
喀布尔

peshawar
白沙瓦

Herat
赫拉特

巴米扬
Bamiyan

塔克西拉 Taxila

加兹尼
Ghazni

拉瓦尔品第
Rawalpindi

伊斯兰堡 Islamabad

坎大哈
Kandahar

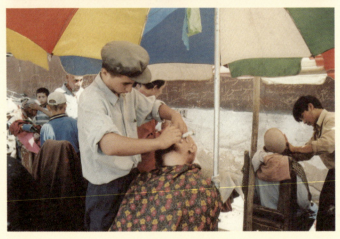

新疆喀什。巴扎上的剃头摊子，剃发、修面一条龙

帕米尔高原上的罕萨河谷。姐弟俩是附近的村民，绿色的眼眸。当地人自称
其血脉可以追溯到公元前四世纪马其顿国王亚历山大麾下的印度远征兵

巴基斯坦的拉瓦尔品第。从旅馆窗口看到的繁忙街道

白沙瓦的巷道里遇见的孩子。天气很热，姑娘们把我带到家里，家里有
来自中国的凉风扇（风扇前部有个放冰块的小盒子）和海尔冰箱

巴阿边境上的开伯尔山口。它穿越兴都库什山脉，是连接南亚与西亚、
中亚的交通要道，见证着历史上的贸易往来和军事征服

上图 / 边境警察
下图 / 巴阿边境。众多装卸工和挑夫在等待活计

清晨从旅馆凉台上看到的喀布尔大街。右边的楼是商场，楼上卖日用品和服装，楼下卖电子产品。傍晚时街道两侧挤满流动摊贩，热闹非凡

喀布尔街头的摄影师和古董相机。这种箱式相机大约在二十世纪初传入
阿富汗，主要用于拍摄证件照和肖像照。木盒子可充当临时暗房，里面
有显影液和定影剂，几分钟内便能拿到底片，也算是"立等可取"

干涸的喀布尔河与河岸一侧的巴扎

喀布尔位于兴都库什山脉南麓的谷地上，
城市边缘的山坡上有很多简易民居

喀布尔的小姑娘。她们外出时通常只戴头巾，不用穿布卡

2001 年 3 月，巴米扬大佛被塔利班武装用炮火
摧毁。照片上的残窟约五十五米高

原巴米扬镇被摧毁的民居和清真寺

生活在山崖洞窟里的贫民女孩儿

巴米扬镇附近村里的一大家子，他们被召唤来围观"外国人"。这是一对
新婚夫妇的新居，除客厅和两间房外，其余部分尚未完工

新居前的新婚女子

这个小男孩儿有只宠物鹌鹑

从山顶远眺班达米尔湖，满眼皆是茫茫荡荡的黄山褐土。那蓝，在遥远谷底

我，在湖边

高贵的美，掩藏在重重艰难困险之中

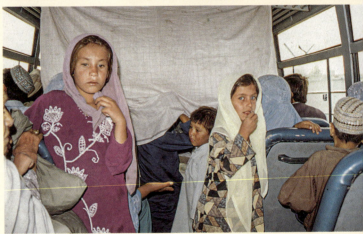

上图 / 前往坎大哈的中巴车上。妇女大多穿着布卡
下图 / 坎大哈市内的公交车上。一块布帘子将车厢隔成两半，
男女分坐前后部，孩子可以乱窜

坎大哈郊外村庄里的孩子，能看到
战乱在他们脸上刻下的痕迹

上图 / 穆利奶奶家的小院里，奶奶和学经儿童
下图 / 抱着《古兰经》的女童

穆利奶奶隔壁邻居一家。他们的
大儿子在新加坡上大学

上图 / 在沙赫伯家吃的第一顿晚饭
下图 / 纳莉亚和两个小儿子

上图 / 沙赫伯和大弟弟在厅里。厅里有地毯、
风扇和电视机，电视天线在屋顶
下图 / 我和小阿兹。我穿着德娃的衣裙和布卡

阿富汗人也爱喝可乐

前往坎大哈途中的简易旅社兼茶馆，里面有两排通铺

路边的馕店

路边的小杂货店

阿富汗男子头上的帽子亮闪闪

巴扎所见

文景

社 科 新 知　文 艺 新 潮

Horizon

陌生的阿富汗：一个女人的独行漫记

班卓 著

出 品 人：姚映然
特约策划：字游一刻·信宁宁
责任编辑：周官雨希
营销编辑：胡珍珍
装帧设计：那境Lab

出　　品：北京世纪文景文化传播有限责任公司
　　　　　（北京朝阳区东土城路8号林达大厦A座4A　100013）
出版发行：上海人民出版社
印　　刷：山东临沂新华印刷物流集团有限责任公司

开 本：787mm×1092mm　1 / 32
印 张：10.25　字 数：132,000　插页：22
2024年9月第1版　　2025年3月第4次印刷
定 价：69.00元
ISBN：978-7-208-19079-5/I·2167

图书在版编目（CIP）数据

陌生的阿富汗：一个女人的独行漫记 / 班卓著.
上海：上海人民出版社，2024. —ISBN 978-7-208
-19079-5

Ⅰ. I267.4

中国国家版本馆CIP数据核字第2024NE2670号

本书如有印装错误，请致电本社更换　010-52187586